Rosemarie Dombrowski

Rosi, die Unermüdliche

ROSEMARIE DOMBROWSKI

Rosi, die Unermüdliche

Mit 27 Abbildungen

Bibliografische Information der Deutschen Nationalbibliothek:
Die Deutsche Nationalbibliothek verzeichnet diese Publikation
in der Deutschen Nationalbibliografie; detaillierte bibliografische
Daten sind im Internet über https://portal.dnb.de/ abrufbar.

© 2020 Rosemarie Dombrowski
Satz, Umschlaggestaltung, Herstellung und Verlag:
BoD – Books on Demand, Norderstedt

ISBN: 978-3-7526-3128-9

Rosi, die Unermüdliche!

Ich bin 50 Jahre und in der Nordheide geboren. Unsere Familie lebte auf einem Bauernhof, und wir waren drei Kinder zu Hause. Ich war das Nesthäkchen und Vaters Beste, weil ich ihm im Alter von ungefähr vier Jahren immer viel half, beispielsweise beim Holzstapeln, beim Aufräumen im Schuppen u. v. m.

Mein Vater arbeitete als Maler im Filmstudio in Bendestorf, dort wurde unter anderem ein Film mit Marika Rökk gedreht, nach deren Vornamen dann meine Schwester benannt und getauft wurde. Wir hatten wenig zu essen, ich erinnere mich nur an Milchsuppe, Kotelett und Margarinebrot. Ich musste als Kind jeden Tag in den Wald gehen, um Holzzapfen und dicke Äste zu suchen. Mein Vater zerhackte sie, und ich habe das Ganze schön aufgestapelt.

Wir hatten zwei kleine Zimmer von ungefähr 20 Quadratmetern. Meine Eltern mussten dafür 5 Mark Miete bezahlen. Die Tür wurde mit dem Türdrücker abgeschlossen. Es liefen Mäuse bei uns herum, und im Winter hatten wir Eiszapfen über dem Kopf hängen. Wir hatten auch keinen Strom im Haus, es gab nur Petroleumleuchten und Kerzen.

Eine Wasserleitung gab es auch nicht. Wasser mussten wir immer aus dem Brunnen von unserer Nachbarin holen, um es anschließend auf dem Kohleofen zu erwärmen. Erst dann konnten wir in einer großen Zinkwanne baden. Die Wäsche wurde beim Nachbarn im großen Wäschekessel mit Rubbelbrett gewaschen, nachdem dieser mit Holz angeheizt worden war. Zum Trocknen wurden im Sommer draußen Wäscheleinen zwischen den Bäumen von Ast zu Ast gespannt, im Winter spannte mein Vater die Leinen mittels Haken quer durch unsere kleinen Räume. Wenn im Winter nachts das Feuer im Ofen ausging, war die Wäsche am anderen Morgen steif gefroren und es dauerte immer Tage, bis sie getrocknet war.

Unser Mobiliar bestand aus einer Couch zum Ausklappen, auf der meine Eltern schliefen, einem Tisch, drei Stühlen, einer Frisierkommode und einem alten Radio. Freitags hörten wir immer Dr. von Hollander im Radio. Wir Kinder schliefen in der Küche. Unsere Betten waren Matratzen, die wir geschenkt bekommen hatten und die auf mit Stroh gepolsterten Kisten lagen. Außerdem hatten wir noch einen alten Küchenschrank.

Als Kinder fanden wir das alles wahnsinnig interessant. Wir deckten uns mit einfachen Decken zu und gingen oft mit Socken zu Bett, weil es zu kalt war. Ich habe heute noch gelegentlich kalte Füße und Hände.

Ohlendorf 1952, 3 Jahre

Da früher die Winter viel strenger waren als heute, mussten wir öfter durch ein Fenster hinauskrabbeln, da die Tür durch den Schnee nicht mehr geöffnet werden konnte, so dass wir die Tür erst einmal freischaufeln mussten. Als ich die Masern hatte, musste sogar unser Hausarzt durch ein Fenster hereinkommen, nachdem wir es eingeschlagen hatten, weil die Tür zugefroren und das Fenster vereist war. Nachdem er gegangen war, haben wir dann Pappe davor genagelt.

Mein Lieblingsplatz war die Fensterbank, und wenn meine Mutter mich suchte, wusste sie, wo sie mich finden konnte. Einmal bin ich dort sogar eingeschlafen, was meine Verwandtschaft heute noch zum Besten gibt, um mich damit aufzuziehen.

Als ich zehn Jahre alt war, trennten sich meine Eltern, weil mein Vater angefangen hatte zu trinken. Er zog zur Nachbarin und wollte mich mitnehmen. Ich begleitete ihn aber nicht.

Meine Mutter hatte eine Stellung als Reinmachefrau angenommen und musste abends ungefähr 10 km mit dem Rad fahren, um Busse zu reinigen. Sie verdiente ca. 60,00 Mark in der Woche, während mein Vater seinen gesamten Lohn für Alkohol ausgab.

Eines Tages, als meine Schwester und ich nach dem Spielen in die Küche kamen, baumelte unser Vater mit heraushängender Zunge von der Decke herab. Er hatte sich mit einem Strick aufgehängt, und wir bekamen verständlicherweise einen gewaltigen Schreck. Wir schrien und weinten, dann holten wir schnell ein Messer. Meine Schwester schnitt das Seil durch, und er sackte auf den Fußboden.

Mein Bruder lief los, um Hilfe zu holen, aber keiner wollte etwas damit zu tun haben. Als der Vater auf dem Boden lag, bin ich immer auf ihn raufgekrabbelt und habe ihn an den Händen und Füßen gerüttelt, damit er wieder zu sich kommen sollte. Meine Schwester kippte ihm Wasser ins Gesicht. Er war ganz weiß im Gesicht, und die Augen traten hervor.

Er kam in letzter Sekunde am Tod vorbei und wieder zu sich. Wir hüllten ihn in Decken und saßen um ihn herum, bis unsere Mutter nach Hause kam. Die Eltern haben sich danach wieder vertragen.

Eines Tages brachte unser Vater einen Hund namens Lumpi mit nach Haus. Vater baute nun einen Zaun. Hühner hatten wir auch, wodurch wir immer über frische Eier verfügten. Außerdem gingen meine Geschwister mit ihren Freunden Kühe hüten, damit wir die Kuhmilch umsonst bekamen. Am liebsten mochte ich warme, frisch gemolkene Milch.

Dann hatte meine Mutter einen Unfall mit dem Fahrrad. Sie fuhr auf dem Nachhauseweg von der Arbeit in ein Auto hinein. Das Fahrrad war Schrott, und meine Mutter musste für drei Wochen mit Gehirnerschütterung ins Krankenhaus. Während dieser Zeit fing mein Vater wieder an zu trinken und kam sehr selten heim. Wir Kinder wurden im Dorf verteilt, ich musste zu einem Bauern, der unser Vermieter war, mein Bruder musste zu einem anderen Bauern, bei dem er immer den Trecker fahren musste. Meine Schwester kam vier Kilometer entfernt bei einem Kaufmann unter, bei dem sie dann mit dreizehn Jahren in die Lehre ging und in einem Zimmer wohnte.

Das Jugendamt erschien, um alles Weitere zu klären, ich weiß es noch, als wäre es erst gestern geschehen. Mit einem VW-Bus kam ein Ehepaar. Sie sahen sich unsere Wohnung an. Die Frau machte einen pingeligen Eindruck. Als sie draußen neben unserer Wohnung den Schweine-, Kuh- und Pferdestall sowie einen großen Misthaufen sah, rümpfte sie die Nase und bemerkte, dass es hier stinke. Ich erklärte ihr, das sei nun mal so auf einem Bauernhof.

Obwohl unsere Vermieterin sich bereit erklärt hatte, mich aufzunehmen – sie hatte selber zwei Töchter und es hätte sehr gut gepasst –, meinte die pingelige Dame – ihr Mann hatte wohl nichts zu sagen –, dass sie mich nicht dalassen würde. Sie sagte immer nur, es gehe nicht, die Kinder müssten mit, weil die Bauersfrau ja sowieso zu viel Arbeit hätte. Als ich das nicht mehr länger mit anhören wollte, schlich ich hinaus, um mir einen kleinen Spaß zu erlauben. Ich holte eine Schaufel voll Kuhdreck und schüttete ihn direkt vor die Haustür. Hier musste die Bäuerin ja wieder heraus! Ich versteckte mich hinter dem Schuppen und beobachtete die Szene. Die feine Dame schrie wie am Spieß auf und sah danach in ihrem blauen Kostüm selber aus wie ein Schwein und stank auch so. Sie bekam fast einen Herzinfarkt, dann hörte ich nur noch, wie sie ihren Mann anschrie: »Wo ist dieses Balg, jetzt nehme ich sie erst recht mit!«

Die Vermieterin rief mich, worauf ich antwortete, ich sei im Schuppen und stapelte Holz auf, weil das alles heruntergefallen war. Die Frau vom Jugendamt kam an, knallte mir eine und meinte zu mir: »Das warst doch bestimmt du, Göre. Du kommst jetzt sofort mit.« Da drehte ich mich blitzschnell um und rannte immer um den Misthaufen herum, die Tante rannte immer hinterher. Diese Zeremonie dauerte mindestens eine halbe Stunde, dann war sie so verärgert, dass sie unverrichteter Dinge, so dreckig, wie sie war, abzog. Anschließend meinte die Bauersfrau zu mir, dass ich es ja auch nicht ganz so arg hätte treiben müssen.

Vorerst war ich bei ihr aber ganz gut aufgehoben, bis meine Mutter wieder gesund heimkam. Meine Mutter ging wieder arbeiten und war auch sonst ganz fröhlich. Als im Dorf Schützenfest war, baten wir unsere Mutter hinzugehen, wir

Sportfest mit Leichtathletik.
Gewinnerin im Weitsprung mit 4,20 m
(1963)

würden schon auf alles aufpassen. Wir freuten uns schon, mal alleine zu sein. Wir machten es uns gemütlich und spielten Karten.

Ein paar Tage zuvor hatten wir eine Wasserleitung gelegt bekommen, und so kam ich auf einmal auf die Idee, den Hund zu baden. Ich holte die Zinkwanne, drehte den Wasserhahn auf, doch welches Pech, weder meine Geschwister noch ich bekamen den Wasserhahn wieder zugedreht. Die Wanne wurde immer voller und voller, der Hund sprang schon heraus und es dauerte ungefähr drei Stunden, bis wir endlich Hilfe holten.

Mein Bruder und ich rannten zum Schützenplatz. Als meine Mutter und ein paar andere Leute zu Hause ankamen, lief das Wasser schon unter der Tür heraus. Es dauerte ein paar Tage, bis alles wieder einigermaßen trocken war, doch etwas Feuchtigkeit blieb immer. Mutter war ordentlich böse mit uns.

Da wir meinen Vater nie wiedergesehen hatten, war Mutter die Alleinverdienerin. Ich dachte immer nur: »Hoffentlich bist du bald groß, damit du Geld verdienen kannst.« Aber das dauerte noch ein wenig.

Da ich kein Fahrrad besaß, musste ich die zwei Kilometer zur Schule zu Fuß zurücklegen. Trotzdem war ich in der Schule sehr ehrgeizig und machte alles sehr sorgfältig. Am besten gefiel mir Sport, da war ich die Beste und trat sogar in den MTV ein. Im 9. Schuljahr wurde ich etwas schlechter in der Schule, weil ich nun auf dem Feld half. Ich musste Kartoffeln aufsammeln, den Trecker weiterfahren und wieder Kartoffeln aufsammeln. Für den halben Tag Arbeit gab es 7,00 Mark. Außerdem spielte ich Kindermädchen, wofür es 3,50 Mark gab, und trug jeden Samstag die Zeitung »Studentenfutter« aus, wofür es noch mal 20,00 Mark im Monat gab. Trotz aller Arbeit war ich ein fröhliches Mädchen.

Wir waren ungefähr 40 Kinder in der Klasse, früher waren vier Klassen in einer zusammengefasst. Eines Tages kündigte unser Lehrer die Zeichenstunde an. Wir nahmen alle unsere Zeichenblöcke heraus, ich klappte die Mappe auf und schrie los, lachte los: »Iihh, 'ne tote Maus!« Sie klebte zwischen den Blättern. Alle fingen an zu schreien. Der Lehrer kam auf mich zu und ich bekam gleich den Stock zu spüren, während er zu mir sagte: »Rosemarie, was ist hier eigentlich los?« Ich antwortete ihm, dass eine Maus zwischen meinen Blättern klebe und ich nichts dafürkönne, wenn sie sich verirrt und keine Luft mehr bekommen habe. Der Lehrer schmiss mich kommentarlos aus der Klasse, beim Hinausgehen entschuldigte ich mich. Auf dem Schulhof war vielleicht was los! Ich bekam noch eine Woche später einen Verweis.

In der achten Klasse waren wir nur noch zwölf Schüler in der Klasse, darunter acht Jungen. Eines Tages verkündete der Lehrer, dass wir einen Tagesausflug machen wollten. Wir sollten uns warm anziehen, falls es regnet, und vernünftige Schuhe zum Laufen, denn wir sollten eine Strecke von ungefähr fünf Kilometern gehen. Auch an Essen und Trinken sollten wir denken. Wir fanden das alle toll und jubelten.

Wir trafen uns morgens um 8 Uhr, und das Wetter war angenehm. Wir wanderten los und waren guter Dinge, aber als wir ankamen, waren wir sprachlos. Dort standen Bauern mit ihren Treckern und Anhängern, vollbeladen mit kleinen Bäumchen. Wir sollten mehrere hundert Tannenbäume pflanzen! Ich sagte: »Redet nicht lange herum, je eher daran, je eher davon.«

Eine der Schülerinnen wog wohl fast zwei Zentner, konnte sich kaum drehen und wenden in ihren Stiefeln und hatte eine ganz krause Dauerwelle. Als sie da so stand mit dem Spaten in der Hand, konnte ich vor Lachen fast gar nicht arbeiten und wurde natürlich wieder einmal ausgeschimpft. Trotzdem musste ich noch anmerken, dass sie bestimmt gleich bei der Arbeit abnehmen würde. Als sie das hörte, heulte sie. Von nun an hieß sie nur noch »Heulsuse«.

Aber das war noch nicht alles, am nächsten Tag mussten wir auch noch einen Aufsatz über unseren »Tagesausflug« schreiben und waren deshalb ziemlich wütend auf unseren Lehrer. Er gab mir aber eine gute Note, weil ich geschrieben hatte, dass ich schon als kleines Kind im Wald Holzzapfen und Stöcker suchen musste, da hatte er wohl Mitleid mit mir.

Beim nächsten Mal hatten wir Musikunterricht. Der Lehrer ging zum Klavier, klimperte darauf herum, und ich konnte mir nicht verkneifen zu bemerken: »Schon wieder das Gleiche!« Er drehte sich um und schrie: »Rosemarie, raus!« Leider hat er auch mitbekommen, wie ich sagte, dass er seine Klappe halten sollte, da gleich Pause wäre. Von da an habe ich nichts mehr gesagt und mich ganz anständig benommen.

Dann gab es Zeugnisse, und ich dachte, ich sehe nicht richtig. Da stand allen Ernstes drin: »Rosemarie ist in der Schule albern und frech.« Ich zeigte es allen Kindern, da mir keines glauben wollte. Das habe ich meinem Lehrer bis heute nicht verziehen. Aber man trifft sich immer zweimal im Leben und sei es nur auf einem Schützenfest.

Dann stand meine Konfirmation an, und da ich nicht getauft war, die Taufe auch. Mein Bruder wurde eine Woche vor meiner Konfirmation mit mir zusammen getauft. Da wir nicht viel Geld hatten, steckte Mutter mitten in den Vorbereitungen und hatte keineZeit, es gab Koteletts und Schokoladenpudding. Der Tisch war schon gedeckt, der Pastor wollte noch kommen und Tanten und Onkel auch. Da klopfte es. Wir gingen zur Tür, auf einmal rannte der Hund mit einem Kotelett im Maul an uns vorbei. War das eine Aufregung! Wir teilten uns die übriggebliebenen Reste und hatten eine tolle Stimmung und Unterhaltung.

Nach der Konfirmation darf man das erste Mal zum Tanzen gehen. Jetzt durfte ich auch. Im Dorf war Schützenfest, und der Sohn des Lehrers wurde Schützenkönig. Das war die Gelegenheit, um mit zum Nachtessen zu gehen. Es gingen viele Leute mit, denn in einem kleinen Dorf wird viel gefeiert. Ich ging zu meinem früheren Lehrer und sagte:»Das muss ich mal loswerden, ich konnte nichts dafür.« Da wollten alle die Geschichte mit der Maus hören und es war eine tolle Stimmung. Mein Lehrer entschuldigte sich bei mir, und als dann draußen die Schützenmusik spielte, durfte ich sogar bis morgens um 6 Uhr bleiben.

Mein Traum war immer, einmal Friseurin zu werden. Mein erstes Objekt war unsere Nachbarin. Ich versuchte mich mit einer Handarbeitsschere, die Haare wurden so kurz, dass sie sich einige Zeit nicht mehr im Dorf sehen lassen wollte. Trotzdem fanden es alle toll, und somit kamen immer mehr Freunde und Bekannte zu mir. Mein Motto war »Übung macht den Meister«.

Meine Geschwister waren alle beide schon in der Lehre. Endlich kam der Tag, an dem ich die Lehre beginnen konnte. Ich hatte mir eine Friseurstelle gesucht und musste mit einer Tante hin, weil meine Mutter krank war. Es war der 1. April 1965.

Ich fuhr frühmorgens um 6.30 Uhr hin und abends um 19.30 Uhr mit dem Bus zurück. Die erste Zeit hat es auch Spaß gemacht, aber dann: nur Haare waschen oder Handtücher einweichen, sogar Kirschen pflücken im Garten. Kartoffeln aufhacken, na, das kannte ich ja vom Bauernhof. Ich machte ein Jahr mit, dann suchte ich mir eine neue Lehrstelle. Ich musste 200 Mark Strafe zahlen. Aber ich hatte noch zwei Jahre. Leider hatte auch mein neuer Chef keine Zeit, mir das Frisieren zu zeigen. Ich suchte mir meine Haarschnitte und Modelle selber und übte. Ich bestand meine Prüfung. Ich kaufte mir ein Fahrrad und fuhr jeden Tag sechs Kilometer durch den Wald, manchmal auch ohne Licht. 14 Jahre blieb ich bei meinem Chef.

Meine Geschwister waren längst verheiratet, und wir hatten zusammengelegt für eine neue Wohnung. Hier wohnte ich 17 Jahre mit meiner Mutter zusammen. Dann hatte meine Mutter einen Freund, und ich heiratete auch und bekam eine Tochter. Wir lebten auf dem Bauernhof. Ich machte alles, z. B. Kühe melken, anschließend zur Arbeit ins Friseurgeschäft. Wenn ich nach Hause kam, standen meine Stiefel da und ab ging es aufs Feld. Meine Kolleginnen halfen oft auf dem Feld mit, Feierabend kannte ich nicht. Mein Mann ging seinen Hobbys nach und ich ging nebenher abends noch Häuser saubermachen. Weil mein Schwieger-

Klassenfahrt in den Harz, 4. von links vorne.
Daneben 5. von links, meine Jugendliebe

vater Kuhlengräber war, musste ich ihm auch dabei oft noch helfen. Trotzdem machte mir alles Spaß und ich freute mich über mein kleines Auto, eine Isetta, die ich dann aber leider verkaufen musste.

Meine Mutter besuchte ich recht oft, da wir nur einige Kilometer auseinander wohnten. Ihr Freund arbeitete nicht, so dass sie wieder das Geld verdienen musste, was ich nicht leiden konnte, das machte mich richtig wütend. Er kam mir hämisch vor, und ich ging zur Polizei. Das Ende vom Lied war, dass er bereits lange gesucht wurde und unter falschem Namen bei meiner Mutter gelebt hatte. Er wurde gleich abgeführt. Nach Jahren erzählte ich meiner Mutter und meinen Geschwistern, dass ich es war, die ihn bei der Polizei angezeigt hatte. Im Nachhinein waren sie froh.

Nachts lag ich oft wach und dachte nach. Ich kam zu dem Entschluss, dass das noch nicht alles im Leben gewesen sein konnte. Ich kündigte in meiner Firma, um für drei Monate zur Meisterschule in Frankfurt zu gehen. Mein ehemaliger Chef spricht bis heute nicht mehr mit mir. Er hatte wohl immer Angst um seine Kunden. Meine Schwiegermutter passte, während ich in Frankfurt war, auf meine 4-jährige Tochter auf, und ich kam mit einem Meisterbrief wieder. Ich machte mich dann 1977 gleich selbständig, Kunden hatte ich genug.

Nach zwei Jahren bauten wir mit viel Eigenarbeit ein neues Haus mit Friseurgeschäft. Wenn das Geschäft es zuließ, trug ich die Steine für die Maurerarbeiten heran oder spielte den Handlanger. Wenn Kunden da waren, kam mein Lehrling mit dem Mofa und sagte Bescheid, was natürlich nur ging, weil alles im Ort war. Immer samstags wurden 30 Brötchen für die Arbeiter geschmiert. Diese schüttelten sowieso den Kopf über meinen Arbeitseinsatz und fragten mich, ob ich auch einen Mann hätte, weil immer nur ich arbeiten und alles regeln würde. Ich sagte: »Gott stärkt uns mit Kraft und weist mir den Weg.«

Das Haus wurde bis zum Winter nicht fertig und stand nun im Rohbau. Der Winter 1979 war sehr hart und hatte viel Schnee. Mein Schwiegervater fuhr mich mit dem Trecker zum Geschäft. Es war so kalt, dass sogar die Handtücher im Geschäft gefroren waren.

Eine meiner treuesten Kundinnen kam mit Skiern fünf Kilometer durch den Wald. Die treue Seele sagte zu mir: »Es ist fabelhaft, was Sie alles leisten unermüdlich!« Aber ich arbeitete gerne und mir machte das alles Freude, denn sonst hätte ich den Beruf nicht erlernt. Von nichts kommt nichts!

Allmählich wurde unser Haus fertig, und so konnte ich in meinem eigenen Geschäft arbeiten. Da habe ich so manches Mal bis spätnachts Haare geschnitten, weil wir jeden Pfennig brauchten.

1960
3. Person Rosi
Im Wald bei Schnee und Kälte sind wir mit dem Schlitten gefahren.

Einmal wollte mein Ehemann es mir nicht glauben, er dachte wohl wunder, wo seine Frau war. Er meinte, so lange arbeite doch kein Friseur. Um ihn zu beruhigen, brachte ich einen Kunden mit nach Hause. Das war aber auch nicht gut, am nächsten Tag hing der Haussegen schief. Der Kunde kommt heute noch zu mir, und wir plaudern darüber, seine Frau ist inzwischen leider verstorben.

Meine Kunden kamen alle gern zu mir, da ich stets ein offenes Wort für jeden hatte und fröhlich bin. Nur mit meinem Mann kam ich nicht zurecht, ich denke, er war als Ehemann noch nicht reif genug.

Kurze Zeit später erhielt ich die Nachricht, dass mein Vater nicht mehr lebte. Schade! Ich als sein »Nesthäkchen« erbte 5.000 Mark von ihm. Meine Geschwister waren wütend darüber, und um Ruhe und Frieden zu haben, teilte ich die Summe auf.

Nach einigen Jahren verliebte ich mich während des Haarschneidens in einen 14 Jahre älteren Herrn. Er baute auch gerade ein Haus und benötigte eine Walze. Da er eine auf unserem Grundstück gesehen hatte, kam er zu einem neuen Haarschnitt.

Ich trennte mich von meinem Ehemann und zog aus dem neugebauten Haus aus. Aber wohin sollte ich mit meinem Geschäft? Wo ein Wille ist, ist auch ein Weg!

Ich hatte nichts, nur meine persönlichen Sachen, und zog mit Trecker und Anhänger zu einer Kundin. Mein einziger Gedanke war: Hauptsache, Kamm und Schere nicht vergessen, denn damit kann man Geld verdienen.

Da wir meine Tochter nicht aus der gewohnten Umgebung und der Schule herausreißen wollten, blieb sie bei ihrem Vater und bei meiner Schwiegermutter. Zu mir kam sie jedoch regelmäßig jedes Wochenende.

Ich mietete mir ein Friseurgeschäft, das ich erst wieder neu aufbauen musste. Es war ein Jahr geschlossen gewesen. Oftmals hatte ich morgens kein Wechselgeld in der Kasse, so dass ich es mir von den Angestellten leihen musste und es ihnen abends zurückgab. Meinen Bekannten wollte ich nicht um Geld bitten, aus diesem Grunde ging ich nach Feierabend auch noch putzen. Den neuen Friseursalon hatte ich insgesamt 18 Jahre. Wer nicht wagt, der nicht gewinnt; wer mutig ist, ist glücklicher.

Bis mein jetziger Mann und ich heirateten, vergingen zehn Jahre, weil er noch nicht geschieden war. In dieser Zeit bekamen wir aber schon unsere gemeinsame Tochter.

Meine jetzige Schwiegermutter und eine Patentante passten abwechselnd im 14-tägigen Rhythmus auf unsere Tochter auf, damit ich beruflich arbeiten konnte.

Als mein Mann und ich heirateten, streute unsere Tochter mit einer Freundin Blumen. Danach zog ich zu meinem Mann, und wir bauten für seine Mutter ein Haus nebenan. Sie war glücklich, bei uns zu sein.

Ich besuchte die Kosmetikschule. Als ich von dort zurückkam, hörte ich, dass im Dorf eine ca. 30 qm große Wohnung frei war, ich griff gleich zu. Die Wohnung war auf einem schönen, großen Bauernhof, auf dem auch Pferde waren. Die Pferde hatten die Stallfenster zu meiner Seite heraus, und so hörte ich sie sogar wiehern. Wir bauten die Wohnung um. Einen Raum nahm ich für die Kosmetik, den nächsten für meine Boutique und das kleine Bad als Umkleidekabine.

Ich schmückte den Hof mit Lichterketten und Gestecken, sogar die Pferde bekamen Schleifen um den Hals gebunden. Meine Werbung war größer als das ganze Geschäft – das ich Rosis Mini-Boutique auf dem Bauernhof nannte. Am Nikolaustag hatten wir Eröffnung. Es schneite ganz leicht, und ich hatte drei Weihnachtsmänner für die Kinder bestellt. Außerdem hatten wir kleine Tüten mit Nüssen, Apfelsinen und vielem mehr gepackt, die an die Kinder verteilt werden sollten.

Der Bauer lieh mir Pferd und Kutsche, und so konnten die Kinder, nachdem sie ein Gedicht aufgesagt hatten, eine Kutschfahrt durchs Dorf machen. Unsere Aktion dauerte bis zum Abend, die Kinder waren glücklich und das Geschäft war zufriedenstellend.

Die Kosmetik machte ich selber, in der Boutique war Selbstbedienung, es lief alles prächtig. Zwischendurch war ich noch im Friseurgeschäft tätig, das direkt gegenüber lag, so dass wir immer sehen konnten, wenn ein Kunde kam.

Einmal, als wir sehr im Stress waren, kam der Bauer plötzlich mit Kleidern auf dem Arm über den Hof geritten. Erst standen wir ganz erschrocken da, dann mussten wir fürchterlich lachen. Ein paar Tage später stand in der Heide-Zeitung: »Hier verkaufen statt der Chefin Pferde die Kleider.« Wir haben das Ganze dann mit Sekt begossen. Im Übrigen kam es öfter vor, dass sich meine Kundinnen bei den Pferden aufhielten, denn die brauchten viele Streicheleinheiten.

Auf kuriosem Weg kam ich auch zu einer neuen Angestellten. Sie kam als Kundin in mein Friseurgeschäft und ließ sich von einer Angestellten die Haare schneiden. Wir unterhielten uns ein wenig, und sie erzählte, dass sie Arbeit suche und dass sie Pferde besitze. Ich fand, dass sie dann hier gerade richtig war, und machte mit ihr einen Termin ab. Ein paar Tage später fing sie bei mir an zu arbeiten und verkaufte gleich am ersten Tag unsere T-Shirts mit den Pferde-Motiven. Sie war die geborene Verkäuferin und ist noch heute bei mir. Wir kommen gut miteinander zurecht. Auch sie hatte im Leben einige Schicksalsschläge einstecken müssen.

*Meine Isetta. Mein Bruder und
mein Neffe (1968)*

In dieser Zeit wurde meine Schwiegermutter dann sehr krank und ich pendelte zwischen ihr (zum Windelnwechseln), dem Kindergarten und meinem Geschäft hin und her. Nach einiger Zeit verkaufte ich mein Geschäft und habe mir dann bei uns im Ort ein neues gemietet, um kürzere Wege zu haben.

Hier im Ort bekam ich so viel zu tun, dass das kleine Geschäft nicht mehr reichte. Also mietete ich ein ehemaliges Lebensmittelgeschäft mit einer Größe von 200 qm und baute es zu einem Friseurgeschäft mit Modeboutique um. Wieder leistete ich viel Eigenarbeit und schleppte unter anderem 72 Rigipsplatten für den Ausbau in den Laden rein. Mein Mann und ich arbeiteten Tag und Nacht. Wir machten fast alles selber, legten Strom- und Wasserleitungen sowie die Heizung und waren in der Nacht vor der Eröffnung bis morgens um 5 Uhr am Arbeiten. Um 8 Uhr stand ich dann im Geschäft und nahm meine erste Kundin in Empfang.

Nach einiger Zeit entschloss ich mich noch einmal die Schulbank zu drücken, um die Fußpflege zu erlernen. Meine Angestellten führten während dieser Zeit mein Geschäft weiter, und ich muss sagen, sie machten das ganz toll. Kaum war ich zurück, musste ich meine Kenntnisse in der Fußpflege gleich bei einem älteren, kränklichen Ehepaar anwenden. Da es sich um einen Hausbesuch handelte, holte ich die alte Frau in die Küche, machte ihr eine Fußpflege und die Haare auch gleich mit.

Als sie fertig war, brachte ihr Sohn, der leider manchmal zu viel trank, sie in die Stube und setzte sie in ihren Sessel, der seit 20 Jahren am selben Platz stand. Jetzt kam ihr Mann an die Reihe – da wir die Türen offen gelassen hatten, hörten wir auf einmal einen fürchterlichen Knall und rannten erschrocken in die Stube. Die alte Frau war allein aufgestanden, was sie sonst nie gemacht hatte, und mit dem Hinterkopf auf dem Fußboden aufgeschlagen. Aus einer Wunde am Kopf lief Blut heraus. Ich veranlasste alles Notwendige, damit die Frau ins Krankenhaus kam, während ihr Mann und ihr Sohn nur hilflos danebengestanden haben.

Als sie fort war, machte ich noch alles sauber und packte dann ein paar Sachen, die ich ihr zum Krankenhaus brachte. Bis heute bin ich dort noch einmal die Woche tätig und inzwischen fast wie die Tochter im Haus. Manchmal werde ich auch nachts gerufen und pflege somit also drei ältere Leute in einem Alter von 92 Jahren. Einige Kunden haben schon zu mir gesagt, ich solle ein Altenheim aufmachen, da würden die alten Leute alle wieder gesund werden.

Dann wurde meine Mutter schwer krank, und ich besuchte sie jeden Tag im Krankenhaus. Den einen Tag war ich so traurig, dass ich hinterher ins Krankenhaus-Café ging, dort spielte die Gruppe »Treibsand« – bekannt aus dem Fernsehen. Das war so schön, dass ich gleich wieder fröhlicher wurde, und ich hatte die Idee, die Gruppe bei uns im Dorf auftreten zu lassen. Ich fragte bei der Gruppe nach, und sie sagten zu und wir machten gleich einen Termin fest.

Kaum zurück, kümmerte ich mich um die Vorbereitungen. Ich ließ Eintrittskarten und Plakate mit der Überschrift »Bunter Nachmittag mit dem Duo Treibsand« drucken, lud die Kinder aus dem Dorf ein und verkleidete sie als Micky Mäuse. Zusätzlich organisierte ich eine Tombola und sorgte für Lose. Ich hielt den Verkaufspreis für die Eintrittskarten möglichst gering und verkaufte insgesamt 163 Stück. Meine Angestellten unterstützten mich stark, und so konnten wir vor dem Auftritt den Saal und die Bühne ganz festlich schmücken. Zum Auftakt des bunten Nachmittages hielt ich eine Ansprache, und es wurde ein sehr schöner Tag. Meine Micky Mäuse verteilten nach der Verlosung die Gewinne unter den Gästen und es war so schön, dass ich sogar mit dem Duo Treibsand auf der Bühne getanzt habe. Sogar die Presse war anwesend. Noch heute spricht man im Dorf von diesem Ereignis und ich werde oft gefragt, wann ich denn mal wieder so etwas mache.

Ich ließ mir daraufhin eine Modenschau mit dem Auftritt einer Band von der Nordsee einfallen. Auch dieser Nachmittag fand am gleichen Ort statt und war ein voller Erfolg.

Diesmal hatte ich zusätzlich eine Gruppe der besten Tanzschule bestellt, die zwischendurch vortanzen sollte. Leider erhielt ich aber 24 Stunden vor dem großen Tag eine Absage, es war eine Woche vor Weihnachten und die Tanzschule bekam nicht genug Leute zusammen. Ich bekam einen riesigen Schreck, denn mein Programm stand bereits fest. Nach vielen Telefonaten erhielt ich aber die Zusage eines Ehepaares aus Schwerin, das das Programm übernehmen konnte. Mir fiel ein Stein vom Herzen. Die ganze Sache hatte mich unheimlich Nerven gekostet. Es war trotz alledem ein sehr schönes Fest, ich war die Moderatorin und es war alles schrecklich aufregend.

Leider wurde dieser schöne Tag für mich durch ein unschönes Ereignis getrübt. Meine Mutter, die sich sehr auf diesen Tag gefreut hatte, erlebte ihn nicht mehr. Trotzdem sagte ich mir: Wo ich bin, ist vorn. Man muss das Beste aus dem Leben machen, denn es gibt immer Höhen und Tiefen und die Geschäfte laufen auch nicht immer so, wie man es sich erträumt.

Ich schlafe sehr wenig, da mein Tag morgens um 6 Uhr beginnt. Ich bin glücklich und zufrieden, wenn ich meine Familie um mich herum habe und jeden ein bisschen verwöhnen kann. Meine einzige Krankheit ist alle vier Wochen die Migräne, aber auch da komme ich gut durch. Ich gebe mir eine Spritze, lege mich hin und am nächsten Tag stehe ich wieder mit der altgewohnten Power im Geschäft.

Das Spritzengeben habe ich vor einiger Zeit gelernt, da ich meiner Schwiegermutter schon über zwanzig Aufbauspritzen gegeben habe. Frau Doktor meint, ich würde es können, auch wenn es schon mal einen blauen Fleck gab, ich mache meine Arbeit sehr gut.

Meine Schwiegermutter ist heute 92 Jahre alt, leider kann sie nicht mehr laufen und sitzt seit drei Jahren im Rollstuhl. Bei schönem Wetter fahren meine Tochter oder ich sie draußen spazieren und versorgen sie auch sonst sehr liebevoll.

Eines Tages wollte ein Bauer seinen Wald verkaufen und fragte mich als Erstes. Da wir mit sieben Grundstücksparteien an diesen Wald angrenzten, berief ich eine Versammlung ein. Wir besprachen alles, wurden uns einig und trafen uns beim Notar wieder, um den Wald zu kaufen. An diesem Tag wurde unser Waldfest gefeiert, das bis spät in die Nacht dauerte.

Mein Mann war sehr viel im Ausland tätig, dadurch musste ich für alles da sein. Ich stand im Geschäft, mähte bis 23 Uhr 2.500 qm Rasen, versorgte das Haus usw., zum Glück hatte ich ganz liebe Nachbarn.

Da mein Mann dauernd unter Stress stand, bekam er nach einer Operation einen Schlaganfall und musste für zwei Monate ins Krankenhaus. Ich besorgte ihm anschließend einen Kurplatz und fuhr für drei Wochen als Begleitperson mit. Während mein Mann Anwendungen hatte, fuhr ich die anderen Kranken in ihren Rollstühlen zu den Therapien und holte sie wieder ab, was sich sehr schnell herumsprach. Ich fühlte mich gut dabei und die Krankenpfleger fanden das toll. Diese Zeit war für mich fast wie ein Urlaub, da zu Hause und im Geschäft alles geregelt war. Meine Angestellten hatten mir sogar ein Handy geschenkt, damit ich ständig erreichbar war. Traurig und einsam fühlte sich nur das alte Ehepaar, weshalb ich dann doch zweimal nach Hause fuhr. Die alte Frau lag in ihrem Bett, und ich musste sie füttern. Sie wollte auch partout nicht, dass jemand anders etwas in ihrem Haus anfasste. Sie nannten mich inzwischen »Schwester Rosi« und ich hatte das Gefühl, sie wollten eigentlich nur ein bisschen Unterhaltung, dann ging es ihnen auch nicht mehr so schlecht.

Dann holte ich meinen Mann wieder nach Hause und pflegte ihn hier gesund. Das zusätzlich Schreckliche an der Krankheit meines Mannes war, dass er über einen Zeitraum von vier Monaten kein Geld verdiente und ich somit sehen musste, wie ich alles alleine bezahlen konnte.

Es war ein Drunter und Drüber. Die Rechnungen häuften sich und leihen wollte ich mir nichts, das ließ mein Stolz nicht zu.

Manche Leute redeten und sagten mir die verschiedensten Dinge nach, die nicht wahr waren. In meinem Geschäft tauchte sogar eine Person auf, die Dinge von sich gab, die persönlicher Natur waren. Aber ich bin im Tierkreiszeichen Skorpion geboren und eine Kämpfernatur! – Trotzdem lieben mich auch viele Menschen.

In dieser Zeit dachte ich viel darüber nach, wie ungerecht es doch im Leben zugehen kann. Die, die genug Geld haben, sind aber auch nicht unbedingt glücklich, denn es gibt nichts Schöneres, als gesund zu sein. Es gibt viel Elend auf dieser Welt. Wenn jeder Verständnis für den anderen hätte, könnte das Leben für jeden einfacher sein. Ich sage heute noch: Gott stärkt uns mit Kraft und weist uns den Weg.

Mein Mann sagt immer, ich wäre noch jung und belastbar. Ich hoffe, dass es so ist, denn ich liebe es, allen zu helfen, und versuche, allem gerecht zu werden.

Meine Kunden sagen auch heute noch: »Unsere Rosi, die ähnelt dem Vater und kann gar nicht anders, die ist unermüdlich!«

Wir Kinder waren mit unserem Vater allein. Unsere Mutter war im Krankenhaus, weil unser Vater sie geschlagen hatte. Wir mussten unfreiwillig zusehen, wie unsere Mutter zusammenbrach. Ich habe es bis heute nicht vergessen.

Wir waren 9, 10 und 11 Jahre alt. Die Feuerwehr hatte gegenüber auf der Wiese eine Übung, wir haben geschrien und gerufen, bis zwei Feuerwehrmänner kamen, um unsere Mutter hochzuheben, damit sie aufstehen konnte, aber das konnte sie nicht.

Es wurde sofort ein Taxi gerufen, das meine Mutter umgehend ins Krankenhaus brachte. Es war eine starke Gehirnerschütterung und noch mehr Verletzungen.

Unsere Oma musste aus der damaligen DDR anreisen, für volle drei Wochen. Mein Vater wurde wegen schwerer Körperverletzung angezeigt. Er musste bei der Nachbarin schlafen, was für ihn nicht so schlimm war, denn dort war er sowieso oft. Unsere Oma hat uns liebevoll versorgt, mit gutem Essen und Trinken. Ich werde auch nie vergessen, wie unsere Oma ihrem Schwiegersohn Bescheid gegeben hat, sie hat ihn aber trotzdem immer zur Arbeit gejagt und die Nachbarin auch. Irgendwo musste das Geld ja herkommen. Unsere Oma war auch sehr streng zu ihm.

Eines Tages brachte unser Vater drei Gänse, zwei Hühner und einen Hund namens Lumpi mit nach Hause. Na ja, so hatten wir wenigstens ständig frische Eier zum Frühstück.

Meine Schwester sollte einmal für unseren Vater etwas holen oder helfen, das kann ich gar nicht mehr sagen, ich weiß nur, dass sie sagte: »Pöh, das mache ich nicht«, und weglief! Unser

1. Platz im Friseurwettbewerb in Hannover (1975)

Vater rannte hinter ihr her, und auf einmal stand meine Schwester vor einer Hecke, die den Weg zum Weiterlaufen versperrte. Sie erschrak, als unser Vater ihr ordentlich was hinter die Ohren gab.

Ich war immer seine kleine Tochter, und darauf war er sehr stolz. Ich habe ihm immer geholfen, Holz aufzustapeln, und noch vieles mehr. Mein Bruder musste mit unserem Vater den Stall bauen, er konnte handwerklich schon sehr viel, er war jedoch noch so klein, aber sehr geschickt.

Wir Kinder und unsere Oma sind unsere Mutter im Krankenhaus besuchen gegangen, zu Fuß, 5 km durch den Wald, eine lange Tour. Auf dem Heimweg wurden gleich Holzstücke und Kienäpfel gesammelt, damit wir Feuer machen konnten. Es war ja immer kalt und feucht in unserer Wohnung. Unser Vater hatte in der Zeit Besuchsverbot bei unserer Mutter.

Wir waren froh, als unsere Mutter wieder gesund aus dem Krankenhaus kam. Oma musste leider zurück in die DDR zu Opa und ihrer Tochter, unserer Tante.

Unsere Mutter ließ sich nach den Vorkommnissen scheiden, der Vater ist dann bei der Nachbarin eingezogen. Manchmal trafen ihn alte Freunde aus dem Dorf. Er erkundigte sich immer nach seinen drei Kindern, besonders nach seinem kleinen Nesthäkchen Rosemarie.

Nach 22 Jahren erhielt unsere Mutter die Nachricht, dass er verstorben sei. Heute ärgere ich mich, dass ich ihn nie aufgesucht habe.

Meine Schwester war damals mit ihrem Mann zu seinem Bruder nach Mönchengladbach in den Urlaub gefahren. Dort hatten sie sich erkundigt, wo das Grab unseres Vaters ist. Die beiden sind dort dann auch zum Grab gegangen und berichteten es mir. Heute bin ich manchmal traurig, was und wie alles so geschehen war. Aber jetzt sehe ich alles nur noch positiv, nach dem Motto: »Wo ich bin, ist vorne.« Das kleine Nesthäkchen Rosemarie wird es schon schaffen …

Die unermüdliche Mutter musste wieder arbeiten gehen, in unserem Dorf in einer Tischlerei. Wir Kinder hatten ein altes Fahrrad geschenkt bekommen. Meine Schwester war schon in der Lehre, mein Bruder arbeitete bei einem Bauern. Bevor unsere Mutter abends heimkam, musste alles ordentlich und aufgeräumt sein. Ich musste meine Schulaufgaben fertig haben; wenn dies nicht erledigt war, gab es Hiebe mit dem Rohrstock.

Ich war oft nach der Schule alleine und hatte manchmal große Angst. Einmal klopfte es an unserer Tür, ich machte auf und davor stand ein großer, kräftiger Mann mit Bart, ich habe mich damals richtig erschrocken. Und was dann passierte, werde ich auch nie vergessen.

Meine Schwester mit Gewinnerfrisur

Ich fragte ihn, was er wollte, und erzählte ihm in kindlichem Leichtsinn, dass ich alleine bin und dass meine Mutter erst heute Abend von der Arbeit heimkommt. Er wollte Textilien verkaufen, Kleider usw., die er schon draußen auf einem Metallständer aufgehängt hatte. Ich sagte ihm, dass wir dafür kein Geld hätten. Er ließ sich nicht abwimmeln und zeigte mir trotzdem ein schönes Kleid nach dem anderen und ging einfach nicht. Er sagte immer wieder zu mir: »Dieses Kleid ist für dich perfekt, es passt zu deinen hübschen blauen Augen und deinen blonden Locken und du hast doch bestimmt bald Konfirmation.« Ich fragte ihn energisch, was ihn das eigentlich angeht. Auf einmal packte er zu und zog mich an sich heran. Er versuchte, mich zu küssen, ich schrie, so laut ich konnte, und biss ihn danach so kräftig in den Arm, dass er mich losließ. Er jammerte auf und verschwand.

Drei Meter von mir entfernt war der Kartoffelkeller von unserem Vermieter, er hörte mein lautes Schreien und lief schnell, mit einem vollen Kartoffelsack, die alte Treppe hoch. Unser Vermieter fragte erschrocken, was denn los sei, ich erzählte ihm aufgelöst, was mir gerade widerfahren war. Ich war erleichtert, dass er da war. Der große, kräftige Mann mit dem VW-Bus ließ sich nie wieder in unserem Dorf sehen. Bis heute habe ich niemandem von diesem Erlebnis erzählt, weil ich mich damals so schämte. Heute würde ich diesen Menschen anzeigen und in den Knast bringen. Als Kind habe ich nur gedacht: »Du Schwein, was wolltest du mit mir anstellen?« Nicht einmal meiner geliebten Mutter habe ich diesen Vorfall erzählt. Ich dachte, ich muss damit selber fertigwerden und nicht noch andere damit belasten.

Es gab Tage, da hatte ich Hunger und bin nach der Schule mit zu meiner Schulfreundin gegangen, dort habe ich ein warmes Mittagessen bekommen, danach haben wir zusammen unsere Schularbeiten gemacht. Ihre Eltern waren auch sehr streng zu ihr. Den Vater nannten sie Kasper, seine Frau musste auch im Jugendheim arbeiten, dort Essen kochen, und er hatte die Reste immer in Eimern am Fahrrad angehängt und mitgebracht. Wir Kinder haben immer darüber gelacht, aber so hatte ich fortwährend Essen bekommen, wenn ich dort zu Besuch war.

Wir mussten aber auch dort im Alltag helfen, Kirschen, Äpfel pflücken, wenn der Vater meiner Schulfreundin Holz zum Feuern machte, dieses schön ordentlich aufstapeln und ins Haus tragen. Schön wäre es damals gewesen, wenn man wenigstens eine Schubkarre zu Hilfe gehabt hätte.

Manchmal schimpfte er aber auch mit uns und sagte zu uns: »Ihr frechen Luder.« Wir waren ständig albern, wie kleine Mädchen in dem Alter halt so sind. Wir hatten gelacht, als er sein Auto bekam. Er hatte so viel Geld für seinen

Führerschein bezahlt, weil er zu dämlich war, mit dem Auto rückwärts zu fahren. Und da er es so überhaupt nicht konnte, mussten meine Schulfreundin, ihre Mutter und ich das Auto immer in die Garage bzw. in den Schuppen schieben, den er allerdings nicht so vorteilhaft gebaut hatte.

Einmal fielen lose Bretter auf sein geparktes Auto, weil sie nicht richtig befestigt waren. Daraufhin haben wir Kinder gesagt, es sei sowieso nur ein Schrott-Auto. Da wurde er sehr wütend, aber geschimpft hat er mit uns nicht. Aber wehe, wir haben zu viele Äpfel gegessen, da hatte der Vater meiner Schulfreundin uns ausgeschimpft. Aber ich brauchte doch auch noch Äpfel für zu Hause, um leckeres Apfelmus zu machen und die schönen Knabberkirschen für die Suppe.

Die Mutter meiner Freundin hat uns immer beigestanden und in Schutz genommen, der Vater hat oft zu der Mutter gesagt, sie wäre ein faules Luder, der Vater von meiner Freundin war einfach nur bekloppt. Die Leute im Dorf sagten immer, er hätte Paragraph 51?!

Wir beiden Kinder haben auch manchmal heimlich Fernsehen geguckt, wenn er im Bett war. Ich meine, eine alte Bruchbude war das ja auch alles, deswegen wurde das Haus auch die Kasperbude genannt. Ich vertüdelte mich auch mal mit der Zeit, und wir fragten meine Mutter, ob ich bei meiner Freundin schlafen durfte, sie erlaubte es. Den Abend sind meine Freundin und ich noch durch unser Dorf gegangen und trafen auch Schulfreunde. Um 20.00 Uhr waren wir aber wieder zu Hause. Was meine Mutter nicht wusste, war, dass die Eltern meiner Freundin nicht wussten, dass ich dort schlafen wollte, bzw. nicht wissen durften, dass ich da schlief, weil einfach kein Platz für Schlafbesuch da war. Ich sagte zu meiner Freundin: »Gib mir eine Decke und ich schlafe im Holzschuppen.« Ihr Vater musste früh zur Arbeit, und da er am Vortag vorwärts eingeparkt hatte, musste seine Frau den alten Opel morgens aus dem Schuppen schieben. Ich rührte mich nicht, ich hatte mir abends Kartons zusammengefaltet und auf den Boden als Matratze gelegt, damit ich auf dem gestapelten Holz schlafen konnte.

Als der Vater los zur Arbeit war, stand ich auf, und plötzlich krachte hinter mir das gestapelte Holz herunter. »Oh Gott, oh Gott«, ganz ruhig verhalten und nichts anmerken lassen, das würde sonst riesigen Ärger geben.

Ich schlich mich aus dem Schuppen und ging zum Haus meiner Freundin, als wenn ich sie zur Schule abholen wollte. Mein Rücken hatte die Nacht nicht ganz unbeschadet überstanden, er schmerzte nämlich ganz schön, aber egal. Wir gingen zusammen zur Schule, der Rücken schmerzte bei jedem Schritt, aber ich durfte mir nichts anmerken lassen.

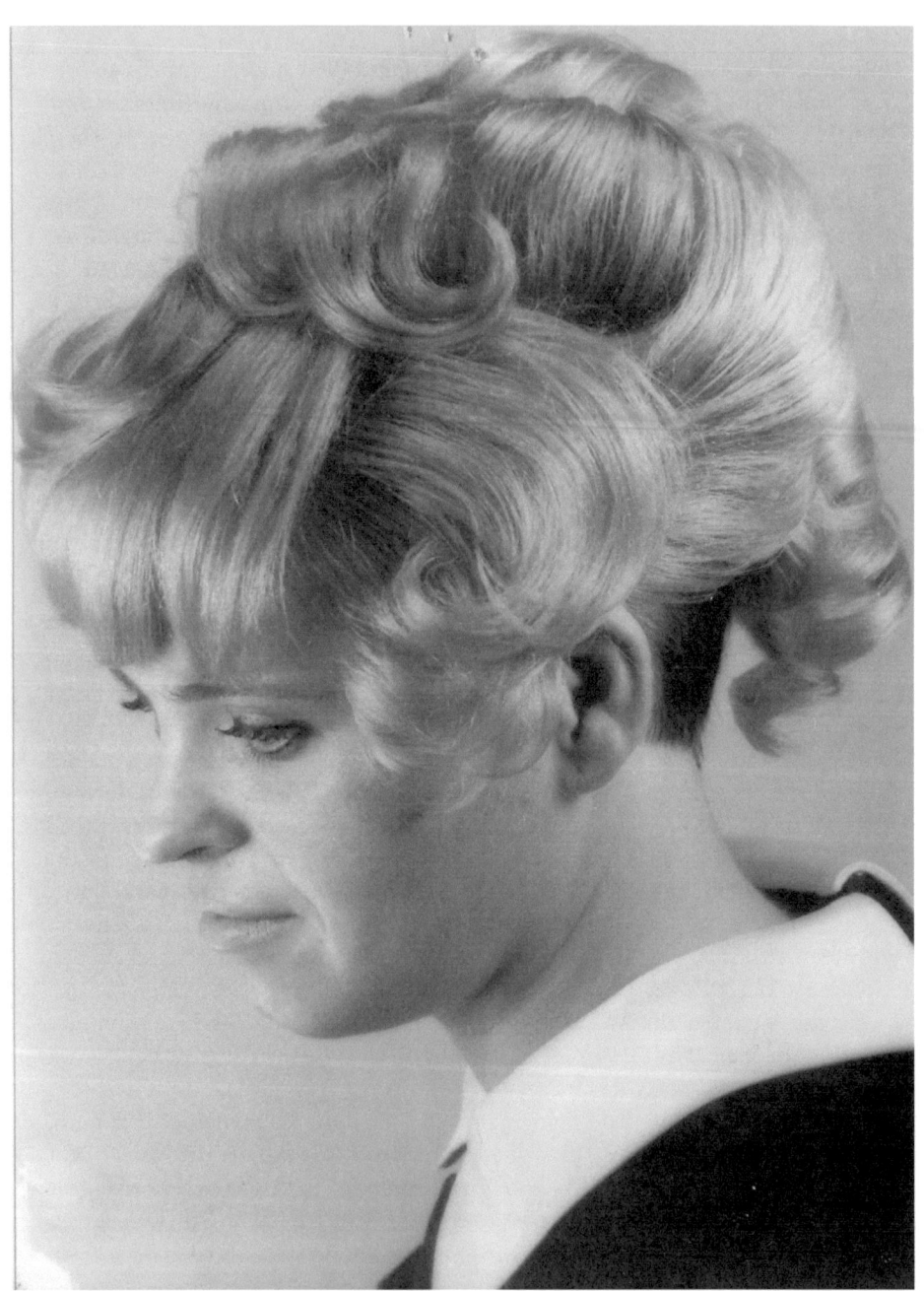

Zwischen-Frisur im 2. Lehrjahr

An diesem Tag hatten wir Sport, ich liebte Sport, werfen, laufen, springen, ich war auch Klassenbeste. Als Klassenbeste wurde man sogar zum Turnierfest vom Spielmannzug abgeholt, mit einem grünen Kranz auf dem Kopf. Ich habe das alles stolz meinen Schulkameraden erzählt, was ich beim Turnierfest alles erlebt hatte. Na, die haben dann mit mir gelacht.

Mit der Schule haben wir drei Tage später einen Ausflug in den Harz gemacht, aber da bei uns das Geld immer knapp war, musste ich mir das Geld für den Ausflug auf dem Feld verdienen. Richtige Wanderschuhe hatte ich auch nicht, aber die habe ich mir ausleihen können, ich wäre aber auch mit meinen Gummistiefeln wandern gegangen. Unsere Nachbarin gab mir noch selbstgestrickte Socken mit, damit ich keine kalten Füße bekam.

Wir waren damals nur zwölf Kinder in der Klasse, wir fuhren alle zusammen mit dem Bus, und ich unterhielt alle, es war so lustig. Ein Schulfreund hatte mich umarmt, als wir gewandert sind, der hatte wohl ein Auge auf mich geworfen, aber wir waren erst 13 Jahre alt und haben zu viel herumgealbert, um nicht alles zu ernst zu nehmen.

Er machte sich in späteren Jahren als Heizungsmonteur selbständig und ich mich als Friseurin. Obwohl wir alle irgendwie im Umkreis geblieben sind, habe ich nicht mitbekommen, dass er geheiratet hatte. Er kam mit seinem Sohn zu mir in den Salon zum Haareschneiden, damals war sein Sohn fünf Jahre alt. Der kleine Lausbub musste dann irgendwann mal austreten, und wir warteten längere Zeit auf seine Rückkehr, aber nichts passierte. Da musste man dann ja mal nachschauen gehen, und was erblickten meine Augen, der kleine Mann baute mir gerade den Spülkasten und mehr auseinander. Ich rief meinen alten Schulfreund und sagte: »Na, du hast ja jetzt schon einen fleißigen Handwerker«, und richtig, er erlernte den Beruf und übernahm die Firma seines Vaters.

Als der kleine Lausbub erwachsen war, erzählte ich ihm einmal die kleine Geschichte, die ich mit ihm erlebt hatte, was er für ein kleines Früchtchen war. Wir haben herzhaft drüber gelacht. Immer, wenn ich Probleme mit meiner Heizung hatte, musste mein alter Schulfreund kommen. Er war immer sehr hilfsbereit, auch wenn ich kein Öl mehr hatte, brachte er mir einen großen Heizofen vorbei. Seine Besuche waren immer mit einem gemütlichen Kaffeetrinken verbunden und mit Geschichtenerzählen aus vergangenen Jahren. Meinen ersten Mann kannte er auch noch, der leider verstorben war.

Einmal, als ich Geburtstag hatte, hatte ich meine ganzen Freunde und Verwandten eingeladen, ich hatte alles so schön gedeckt, Kuchen gebacken und den Sekt kaltgestellt. Es war alles vorbereitet, aber Kaminholz hatte ich nicht mehr so viel. Als es aufgebraucht war, froren wir ganz schnell, nur der Sekt hielt uns noch warm. Ich hatte ja genug Sektflaschen von Kunden zum Geburtstag bekommen. Also ich hatte kein Kaminholz mehr, und mein Öl war auch alle. Keiner wollte auf Rechnung liefern, nur gegen Barzahlung. Dann hatte mein Schwager eine Idee und meinte: »Wir rufen unseren Herrmann an, der kennt uns und bringt bestimmt etwas.«

Herrmann kam, wir waren alle schon sehr lustig, was am Sekt lag, und baten ihn noch herein auf einen kleinen Umtrunk. Aus einem Glas Sekt wurden mindestens drei, und die Stimmung war lustig und fröhlich. Herrmann fand es toll, und ich war ihm über alles dankbar, dass er gekommen war.

Meine Cousine, die Meisterin in Sockenstricken war, brachte uns allen einen großen Korb mit Wollsocken mit, und Herrmann durfte sich auch ein Paar aussuchen. So etwas hatte er noch nie erlebt, er hielt sich über zwei Stunden bei uns auf. Auf einmal kam mein alter Schulfreund noch mit einigen Kanistern Heizöl, er war überrascht, was auf meinem Geburtstag alles los war. Alle sind bis zum späten Abend geblieben, bis 23.30 Uhr, weil es so schön war. So lustig habe ich meinen alten Schulfreund noch nie erlebt. Er sagte nur zu mir: »Rosi, die Unermüdliche.«

Als ich 60 Jahre wurde, lud ich ihn zu meinem Geburtstag ein und jetzt zum meinem 70. Geburtstag wird er auch wieder dabei sein. Er freut sich heute immer noch darüber, wenn wir telefonieren.

Einer alten Schulfreundin, damals mit starker Dauerwelle, habe ich früher auch immer die Haare gemacht, heute backt sie mir immer die schönen Torten zu meinem Geburtstag. Manchmal hat sie so viel zu tun, da backt sie 40 Torten alleine nur für das Deutsche Rote Kreuz. Sie hat damals Verkäuferin gelernt, aber diese Frau kann einfach alles, sie ist sehr beliebt und das ganze Dorf schätzt ihre Torten und bestellt bei ihr.

Ich habe Friseurin gelernt. Als ich im zweiten Lehrjahr war, musste ich mir für meine Zwischenprüfung Modelle zum Üben suchen. Damals rief ich meinen alten Schulfreund an, der auch in der Ausbildung als Heizungsmonteur war. Er kam zu uns ins Geschäft und sagte zum Chef: »Rosi muss Haare schneiden üben.« Ich selbst hatte mir früher schon viel von Herren-Kollegen abgesehen, mit den Augen stiehlt man und setzt es dann um. Na ja, aber es funktionierte schon ganz gut.

Ich musste aber noch ein Damen-Modell finden. Die Chefin meiner Mutter stellte sich dann zur Verfügung. Dies klappte auch super, vieles musste ich mir auch selber beibringen, da mein Chef nie richtig Zeit für mich finden konnte und die Chefin nur zwei Tage die Woche im Geschäft war.

Ich werde es nie vergessen, meine Chefin löste mal ein Paket ein, und das Geschäft war gerade erst neu eröffnet worden. Sie hatte nur eine Kollegin als Gesellin und mich als Lehrling. Der Chef war wütend, weil meine Chefin es einlöste. Er hatte im Geschäft das Sagen und sie zu Hause. Meine Chefin sagte mal zu mir: »Heirate nie einen Friseur.«

Der Tochter unserer Vermieterin habe ich auch schon mal die Haare gefärbt, ich persönlich fand es gar nicht so schlecht. Am nächsten Morgen, ich lag noch schlafend im Bett, kam unsere Vermieterin in mein Zimmer gestürmt, unsere Tür war immer offen. »Was hast du mit meiner Tochter gemacht? Mit diesen Haaren kann sie nicht zur Arbeit gehen.« Unsere Vermieterin war sowieso immer sehr komisch. Als Kind hatte ich immer ein bisschen Angst vor ihr. Na ja, ich sagte ganz ruhig zu ihr: »Das bekommen wir schon wieder hin.« Von ihr haben wir immer warme, frische Milch geholt, für 50 Pfennige.

Ihre Tochter war auch in der Lehre, sie lernte Bürokauffrau. Wir fuhren immer alle zusammen mit dem Bus um 6.30 Uhr und mussten morgens noch 2 km zu Fuß laufen. Meine Schwester und ich hatten mal verschlafen, da hat uns doch wirklich der Busfahrer von zu Hause abgeholt. Die ganzen Leute im Bus lachten über uns, und dieses Ereignis war wochenlang »das Dorfgespräch«. Zumindest musste meine Schulfreundin, also die Tochter unserer Vermieterin, am nächsten Tag wieder ins Geschäft kommen, damit wir ihr die Haare neu färben und schneiden konnten, damit ihre Mutter zufrieden war und nichts mehr im Dorf zu quatschen hatte. Ich fragte sie später, ob sie jetzt mit Töchterchens Haaren zufrieden sei, die Antwort, die ich bekam, war nur: »Geht so.« Ich entschuldigte mich nochmal und sagte nur zu ihr: »Mein Vater ist Maler, Töchterchen bekommt es alles wieder hin.« Die Vermieterin hatte damals schon ein Telefon.

Meine Mutter hatte einen neuen Freund. Der war Schauspieler und sehr intelligent. Er kam eines Tages mit seinem Freund zu uns, um Staubsauger zu verkaufen. Und was machte meine Mutter? Verliebte sich sofort in ihn. Meine Mutter war noch jung, blond und sehr hübsch. Wir Kinder haben uns mit ihrem Freund auch sehr gut verstanden. Er hat mit uns manchmal Schulaufgaben gemacht, weil meine Mutter gearbeitet hat. Er war ja nicht jeden Tag bei der Arbeit, das fanden wir Kinder blöd.

Einmal beim Abendessen waren wir Kinder übertrieben albern, sowas konnte er nicht ertragen. Er wurde sofort wütend und kippte vor Wut den ganzen Abendbrottisch um und verließ die Wohnung. Wir Kinder erzählten das unserer Mutter und sagten: »Der ist aber bescheuert.«

Meine zweite Tochter Romika mit 17 Jahren und ihrem Dalmatiner Cloe und mein Hund Marrie

Manchmal war unsere Mutter auch zu ihm nach Hamburg gefahren und blieb dort das ganze Wochenende. Einmal durfte ich auch mitkommen. Er wohnte in einer kleinen Wohnung noch mit seinen Eltern zusammen. Aber einen Winter lag so viel Schnee, dass meine Mutter nicht mit dem Zug oder Bus von Hamburg nach Hause fahren konnte. Der Verkehr war eingestellt. Wir waren ganz alleine, mussten zur Schule, uns alleine Brot schmieren, wenn was zum Schmieren da war, das war damals furchtbar. Meine Schwester und mein Bruder waren damals schon in der Lehre. Wenn der Freund meiner Mutter anrief, rief er bei der Vermieterin an, da wir kein Telefon besaßen. Sie kam oder ihre Kinder kamen zu uns rüber und sagten Bescheid, dass er in fünf Minuten wieder anruft. Meine Mutter kam meistens erst nach einer Stunde wieder. Dann waren wir Kinder neugierig, wann er wiederkommt, er kam immer am Wochenende und dann blieb er.

Ich war dann ausgezogen, nämlich zu unserer Nachbarin. Wo sollte ich sonst hin, so richtig viel Platz war ja nicht. Meine Schwester hatte ein Zimmer bei der Lehrstelle bekommen, und mein Bruder war bei seiner Freundin eingezogen. Was ich an dem Freund meiner Mutter hasste, war, dass er immer freitags eine Flasche auf den Tisch stellte und rauchte.

Ich war gut aufgehoben bei der Nachbarin, die hatte einen Brunnen, bei dem man das Wasser hochkurbeln musste. Sie hat das Wasser immer für uns heiß gemacht, zum Waschen oder zum Kaffeekochen. Aber ich blieb nicht so lange bei ihr wohnen. Ich bin dann zu meinem Onkel gezogen, mit Trecker und Anhänger. Ich hatte mir den kältesten Abend zum Umziehen ausgesucht. Es war stockdunkel, und ich musste mir ein paar Leute organisieren, die mir halfen. Ich hatte ein paar Möbel. Das Gute war, dass ich jetzt in der Nähe meiner Arbeitsstelle wohnte, und da ich keinen Führerschein besaß, war das optimal.

Ich war 17 Jahre alt, als ich mich in einen Freund von meinem Chef verliebte. Meine erste große Liebe! Er war zehn Jahre älter als ich, geschieden und hatte einen Sohn, der bei seiner Exfrau lebte. Ich fuhr mit dem Zug nach Lüneburg, mein Chef nahm mich mit zum Bahnhof, weil er meine Kollegin dort absetzen musste.

Meine erste große Liebe wohnte noch mit seiner Ex-Schwiegermutter zusammen in einem Haus. Ich lernte sie auch kennen. Sie musste an ihn Miete bezahlen und machte auch noch den gesamten Haushalt für ihn. Ich besuchte ihn ab und zu mal, denn meine Lehre war noch nicht beendet. Aber ich hatte meine Wohnung schön eingerichtet, alles alleine tapeziert und gestrichen.

Früher waren die Winter immer sehr kalt, und so kam es, dass so viel Schnee gefallen war und es so kalt wurde, dass die Fenster und Türen zugefroren waren und ich bis mittags meine Wohnung nicht verlassen konnte. Ich hatte nur einen kleinen Ölofen, der schaffte es nicht wirklich, die Kälte draußen zu lassen. An diesem Tag kam ich erst mittags auf der Arbeit an.

Leider hielt meine Liebe nicht lange. Er war immer spät nach Hause gekommen, er sagte immer, er müsste so lange arbeiten. Seine Ex-Schwiegermutter nahm mich mal zur Seite und sagte zu mir: »Du bist einfach viel zu gut für ihn.« Wir beide mochten uns und haben uns gut verstanden.

Einmal kam ein Vertreter in den Friseursalon und wollte Friseurkittel verkaufen. Wir alle bestellen uns bei dem Herrn einen neuen Arbeitskittel. Ich fragte den Vertreter, in welche Richtung er fahren würde und ob er mich mitnehmen könnte.

Er nickte, und ich stieg in sein Auto. Als wir fuhren, sagte ich zu ihm, er solle anhalten, denn das letzte kleine Stück würde ich laufen. Er wollte ganz woanders langfahren als vorgesehen. Aber zum Glück war dort gerade eine rote Ampel, und ich sprang aus dem Auto und schrie nur noch zum Auto: »Du Vollidiot.« Jetzt bekam diese Geschichte auch mein Freund zu hören, aber der Vertreter hatte das Vorkommnis ganz anders erzählt. Ich erzählte meine Version der Ex-Schwiegermutter meines Freundes. Ich nahm den nächsten Zug und fuhr nach Hause. Mein Freund sprach nicht mehr mit mir, und das war es mit der ersten großen Liebe gewesen.

Ich fuhr am nächsten Morgen, vor der Arbeit, zu meiner Arbeitskollegin. Ich heulte Rotz und Wasser! Meine Chefin hatte immer gesagt: »Rosi, nimm oder heirate nie einen Friseur«, das sagte sie mindestens 10-mal.

Dann kam der Tag, an dem mein Urlaub begann und ich mit einer Reisegruppe nach Italien fuhr. 14 Tage Urlaub, habe ich mich gefreut. Meine Chefin hatte mal wieder Angst um mich, junges hübsches Mädchen, allein reisend und noch keine 18 Jahre alt. Als ich wieder zu Hause angekommen war, machte ich es mir erst mal in meiner kleinen eigenen Wohnung gemütlich.

Es war Heiligabend und ich entschied mich, nicht alleine bleiben zu wollen. Es war auch mal wieder kalt in der Wohnung. Ich ging zu meiner damaligen Nachbarin und fragte sie, ob sie mir ein Taxi bestellen könnte, und sie rief mir eins. Ich fuhr zu meiner Mutter. Als ich dort ankam, stand wie immer eine volle Flasche auf dem Tisch. Ich drehte mich wütend um und verließ die Wohnung. Ich lief 4 km zu meiner Tante und zu meinem Onkel. Es war furchtbar kalt. Ich war gerne dort. Ich musste meinem Onkel immer dreimal die Woche das Toupet zurechtstylen und heimlich hinter den Schuppen legen. Am Anfang durfte meine Tante das nicht wissen, weil so ein Toupet wahnsinnig teuer war.

Tulpenblüte in Amsterdam
(1967)

Meine Tante musste jeden Morgen um 05.00 Uhr helfen, die Isetta aus der Garage zu schieben. Mein Onkel war in manchen Sachen komisch und sehr streng zu seiner Familie. Zu mir war er aber immer freundlich.

Ich war viel mit meiner Cousine zusammen. Wir sind immer gemeinsam zum Tanzen gegangen, auch bei Eis und Schnee und das immer mit hochhackigen Schuhen. Das hat uns nie was ausgemacht. Wir hatten immer viel Spaß. Die Jungs waren ständig hinter uns her. Es gab da einen Jungen, den konnte ich überhaupt nicht leiden, aber das war von seiner Seite anders. Er schmiss Schneebälle gegen mein Fenster, damit ich ans Fenster kommen sollte. Meine Cousine und ich haben aber das Licht ausgemacht und die Jungs unten am Fenster heimlich beobachtet.

Eines Abends kamen wir so spät nach Hause, meine Tante hörte uns und ehe man sich versah, bekam ich von ihr eine Backpfeife. Meine Mutter hätte ihre Nichte nie geschlagen. Meine Tante war auch sehr streng zu meiner Cousine. Sie musste nach der Arbeit immer noch mit aufs Feld und arbeiten.

Ich kaufte meinem Onkel die Isetta für 80 DM ab, mittlerweile hatte ich auch schon den Führerschein. Ich hatte mir das Geld fleißig zusammengespart. Meine Cousine erlitt mit 71 einen Schlaganfall, meine Tante pflegte sie volle sechs Jahre, jetzt ist meine Tante 98 Jahre alt und braucht selber Unterstützung und kam ins Altersheim.

Ich bin insgesamt 16-mal umgezogen. Oft musste ich die Wohnung aufgeben. Zu kalt, feucht, nass … also musste ich wieder zu meiner Mutter zurück. Es war doch nicht so das Wahre mit dem ersten Freund, auch nicht mit dem zweiten. Der landete nämlich im Knast.

Meine Schwester war in der Zwischenzeit verheiratet, und mein Bruder hatte eine Lebensgefährtin. Die Freundin von meinem Bruder und ich kauften uns mal die gleichen Kleider, Lila war unsere Farbauswahl. Wir wollten mit Freunden von meinem Bruder nach Holland zur Tulpenblüte fahren. Die Freunde aus dem Dorf holten uns mit zwei BMW ab. Ich werde es nie vergessen, meine Mutter lag noch im Bett, noch leicht angeduselt, weil sie den Vorabend auf einem Geburtstag eingeladen war. Meine Mutter wollte mit, ich war schließlich noch keine 18 Jahre alt. Mein Bruder und seine Freunde waren wütend darüber, aber na ja, was sollten sie sagen als »O. K.«.

Wir fuhren los und hatten unterwegs sehr viel Spaß. Doch an der Grenze kam der Schock, Ausweiskontrolle, und wer hatte seinen zu Hause liegen lassen? Genau, unsere Mutter. Die Männer waren wütend, sie haben das so hingedreht, dass es nicht auffiel. Unsere Mutter hatte uns alles verdorben, aber am Schluss hatten wir dann Mitleid mit ihr und alles war gut. Zumindest wurde sie schnell wieder nüchtern an der Grenze nach der Aktion.

Ich betete jeden Morgen und Abend für die Menschen, die ich gern habe. Das hat mir schon immer sehr geholfen. Damals bin ich sehr viel für mich alleine gewesen und ging jeden Sonntag in die Kirche. Es war damals schon so, als wir zum Konfirmanden-Unterricht mussten. Es war an erster Stelle, sonntags morgens in die Kirche zu gehen, und wehe, einer fehlte. Die Frau von unserem Pastor saß immer oben in der Kirche und schrieb auf, ob alle anwesend waren. Einmal in den zwei Jahren der Konfirmandenzeit musste ich nachsitzen. Bevor ich konfirmiert werden konnte, mussten mein Bruder und ich zunächst getauft werden. Aber auch wenn die Frau des Pastors streng war, war sie ein herzensguter Mensch. Wir bekamen von ihr große Dosen Trockenmilch, und sie hatte in den Ferien eine Erholungsreise nach Langeoog organisiert. Ich habe einmal in der Woche auf ihre kleinen Kinder aufgepasst und das unentgeltlich. Nach unserer Schule hatte sie uns alle einmal eingeladen, ihr Mann, der Pastor, war leider schon verstorben. Wir brachten ihr ein Geschenk mit, worüber sie sich sehr freute. Es lag uns immer etwas auf der Seele, und wir erzählten ihr, was uns nicht passte. Das hatte sie sich alles gar nicht gemerkt.

Diesen Nachmittag tranken wir noch schön Kaffee und plauderten bis in den Abend hinein. Mittlerweile ist sie aber leider auch schon verstorben.

Mein Bruder hatte geheiratet, und wir lebten zusammen in einem Dorf. Wir gingen immer zusammen zum Schützenfest, dort wurde drei Tage lang durchgefeiert. Ich habe immer einigen die Haare gemacht für den Schützenball, und als ich geheiratet hatte, hat der Bäcker von nebenan doch den nächsten Tag zu mir gesagt: »Dirn, Dirn, wat hast denn da gemokt.«

Ich werde nie vergessen, als ich meine Mutter auch zum Schützenfest holte. Wir waren alle lustig und vergnügt. Aber auf einmal waren wir dabei, meine Mutter zu suchen, sie war nicht auf der Tanzfläche oder irgendwo auf dem Schützenplatz zu finden. Meine Mutter war bei meinen Schwiegereltern in den Kuhstall gegangen und war dabei, ihn mit Hackenschuhen und festlicher Kleidung auszumisten. Das ganze Dorf stank schon nach Kuhmist. Es kam jemand auf den Schützenplatz und erzählte es, wir hatten meine Mutter bis dato ja nicht finden können. Meine Schwiegereltern waren richtig wütend gewesen. Danach ging meine Mutter rüber zum Kartoffelschälen, weil sie die Frauen kannte, die dort saßen, die geschälten Kartoffeln wurden in die umliegenden Hotels geliefert. Meine Mutter war eine tolle und lustige Frau, leider lebt sie nicht mehr, genauso wie mein geliebter Bruder.

Porträt-Foto von Romika,
einer Schauspielerin in Los Angeles (USA)

Meine Tochter und ich sind mit meinem Bruder und seinem Sohn in den Harz gefahren. Dort haben wir gelernt, Rollschuh zu fahren, das war gar nicht so einfach, aber die Kinder hatten es schnell drauf. Aber mein Neffe hatte solches Heimweh und wollte nach Hause, obwohl es so ein schöner Urlaub war. Aber wir sind dann doch früher wieder nach Hause gefahren. Dann habe ich mal die Tochter von meines Mannes Cousine mit in den Urlaub an die Nordsee genommen, damit die beiden Mädchen sich nicht langweilen, aber auch diese Reise funktionierte nicht und die Cousine meines Mannes musste sie wieder abholen.

Ich bin dann mit meiner kleinen Tochter an die Ostsee gefahren. Ich kann mich noch gut daran erinnern, es waren Fußball-Weltmeisterschaften. Es war richtig schön gewesen. Als ich mit meiner kleinen Tochter einkaufen ging, wollte sie unbedingt was zum Naschen haben, aber sie bekam es von mir nicht, sie brüllte und heulte aus Leibeskräften. Ich bin mit ihr dann vor den Laden gegangen und es gab für meine Tochter erst mal ordentlich etwas auf den Po. Dann war aber auch schlagartig Ruhe, sie war damals vier Jahre alt und hat es nie wieder gemacht.

Aus meiner Tochter ist eine liebe, nette, beliebte und erwachsene Frau geworden, worauf ich sehr stolz bin. Sie war immer in der Schule gut, es gab nie Beschwerden über sie und ich musste niemals zum Lehrer. Als sie später in die Lehre kam, sagte ich immer nur zu ihr: »Man muss immer nett und höflich sein, Respekt vor seinem Chef haben und nicht widersprechen, auch wenn er sagt, du sollst die große Halle erneut ausfegen.« Meine Tochter lernte Kfz-Mechanikerin und später auch noch kaufmännische Angestellte.

Ich trennte mich später von meinem Mann und zog wieder mit einem Trecker an einem kalten Tag um, zu einer damaligen Kundin.

Später heiratete ich zum zweiten Mal, mein Mann war 15 Jahre älter als ich. Als meine Schwester mal seine Mutter fragte: »Na, Gustel, was hältst du von den beiden?«, sagte sie schlagfertig wie immer: »Na, entweder nimmt er sich eine Junge oder eine Alte.«

Meine Schwiegermutter kannte ich damals schon sehr gut. Sie wohnte nachher bei uns in einem kleinen Häuschen. Später, als sie krank wurde, pflegte ich sie. Ihre Nachbarin hatte den zweiten Schlüssel. Einmal hatte sich meine Schwiegermutter alleine in die Badewanne gesetzt und wollte schön baden. Sie bedachte aber zu dem Zeitpunkt nicht, dass sie gar nicht mehr so viel Kraft besaß, alleine wieder aus der Wanne zu kommen. Aber sie war ja nicht von gestern, also ließ sie die ganze Zeit die Wärme-Brause über ihren Körper laufen, damit ihr nicht kalt wurde. Aber irgendwann musste sie mal ihr großes Geschäft erledigen, und ihr blieb leider nichts anderes übrig, als dieses auch in der Wanne zu verrichten. Als die Nachbarin zum täglichen Besuch kam, roch es schon sehr komisch, als sie die Tür aufschloss. Meine Schwiegermutter rief sie gleich ins Badezimmer, und die Nachbarin wusste jetzt, wo der Geruch herkam. Aber ihre Nachbarin war resolut und half ihr aus der Badewanne, duschte sie erneut noch mal ab und meine Schwiegermutter war wieder frisch. Über fünf Stunden lag sie in der Badewanne, na ja, die Wasserrechnung hatte sich für diesen Tag auch ordentlich gewaschen. Aber egal, meine Schwiegermutter hatte genug Geld.

Als ich abends von der Arbeit kam, erzählten sie mir, was den Tag passiert war. Meine Schwiegermutter mochte gerne Wodka, sie fragte mich: »Och ja, Susche, mein Engelchen, wollen wir zusammen einen Schnaps trinken?« Na klar, wir stießen zusammen an, und alle waren nach dem Schock des Tages wieder happy.

Sie war 90 Jahre alt, und Tabletten nahm sie aus Prinzip nicht. Wenn die Ärztin einmal im Monat zum Hausbesuch kam, sagte sie immer zu ihr: »Die Tabletten nehme ich nicht, lieber einen Schnaps.« Meine Schwiegermutter sagte immer: »Frau Doktorchen, Sie müssen auch mal einen Schnaps trinken, statt immer die Tabletten aufzuschreiben. Das ist doch sowieso alles nur Gift.« »Ne, ne, ne, das Zeug trinke ich nicht«, erwiderte Frau Doktor immer. Aber immer, wenn Frau Doktor kam, versuchte es meine Schwiegermutter aufs Neue, sie für einen Schnaps zu begeistern. Die beiden Frauen verstanden sich super. Meine Schwiegermutter fragte sie immer aus, über ihren Mann, ihre Familie usw. Frau Doktor erzählte immer alles frei heraus, dass sie, als sie im letzten Urlaub waren, sich mit ihrem Ehemann so erzürnt hatte, dass sie ihn alleine im Urlaub gelassen hatte und nach Hause gefahren war. Er hatte sowieso immer andere Frauen, deshalb musste er auch im Keller schlafen. Na, das war was für meine Schwiegermutter, sie erzählte mir immer alles, und wir haben immer sehr darüber gelacht.

Leider wurde sie immer kränker, die Altersschwäche nahm immer mehr zu. Sie hatte immer fürsorglich auf ihr Enkelkind aufgepasst, sie war ihr ganzer Stolz.

Als sie später im Rollstuhl saß, habe ich sie immer herumgefahren und am Heiligabend wollte sie nun unbedingt in die Kirche. Ich packte sie also dick ein und ging mit ihr los. Der Weg war ganz schön weit, und es war alles sehr mühsam für mich. Aber egal, sie wünschte es sich so sehr. In der Kirche brachte ich sie ganz nach vorne, und sie war so glücklich, den Pastor zu sehen.

Sie hatte mir immer viel von früher erzählt, wie sie im Krieg das Haus und ihre Schneiderei verlassen mussten, als die Polen kamen. Ihr Mann war leider im Krieg geblieben und nicht wiedergekehrt. Sie mussten mit Pferd und Wagen flüchten. Es war damals einfach nur eine schreckliche Zeit, die vielen Toten am Straßenrand, das ganze Elend, das sie auf ihrer Flucht sehen musste. Ihr Sohn durfte auf keinen Fall eine Polin heiraten, sonst wären sie da nicht herausgekommen. Die beiden wurden erst mal bei ihrer Schwester in Hamburg untergebracht.

Meine Schwiegermutter konnte immer so viel erzählen, sie war ein Goldschatz. Sie wurde damals mit 80 Jahren auch noch mal Oma. Als es ihr immer schlechter ging und sie bettlägerig wurde, habe ich alles veranlasst, dass dreimal am Tag eine Krankpflege kam, und ihr Essen auf Rädern bestellt. Sie war mit allem sehr zufrieden. Und wenn ich abends von der Arbeit kam, ging ich immer gleich zu ihr, die erste Frage war immer: »Na, wollen wir einen?« »Aber sicher, Oma«, sie konnte ganz schön was ab.

Als es anfing, dass es ihr immer schlechter ging, war auch oft die Patentante da, zur Unterhaltung, sie haben viel geredet, aber natürlich nur mit Schnäpschen.

Ich blieb oft über Nacht bei ihr, ihr Sohn, mein Mann, war oft und viel im Ausland unterwegs. Ich hatte ja noch meine kleine Tochter, aber sie war ja schon groß, denn sie ging schon in die Schule. Sie holte die Oma auch oft mit dem Rollstuhl zu uns rüber ins Haus.

Als es der Oma immer schlechter ging, blieb ich oft die ganze Nacht an ihrem Bett sitzen. Sie konnte kaum noch sprechen, das strengte sie zu stark an. Ihre Stimme war sehr leise geworden, aber ein Schnäpschen wollte sie immer noch. Sie fragte immer: »Wie das wohl ist, wenn man stirbt?«, ich sagte zu ihr: »Ach, Oma, denk nicht an sowas.« Meine Tochter hatte ich zu uns nach Hause geschickt, mein Mann war bitterlich am Weinen, sie hatten ein sehr gutes Verhältnis miteinander.

Ich bemerkte, wie die Füße kalt wurden, ich streichelte sie und packte sie warm ein. Ich sprach die ganze Zeit mit ihr, aber man merkte, dass Oma es alles nicht mehr so aufnehmen konnte. Ihre Stimme wurde leiser und leiser, ich musste jetzt unheimlich stark sein und die Nerven behalten. Sie ist einfach ganz ruhig eingeschlafen und das nicht alleine. Wir hatten ihr ihre letzten Lebensjahre so schön wie wir konnten gestaltet.

Ich holte meinen Mann, er war aufgelöst, seine geliebte Mutter. Ich rief den Arzt an, dass er kommen sollte, da die Oma eingeschlafen ist.

Ich musste mich um alles kümmern, denn mein Mann war emotional dazu nicht in der Lage. Ich war eine starke selbstbewusste Frau und nahm alles in die Hand. Das Beerdigungsinstitut wurde informiert. Als die Bestatter kamen, legten sie die Oma behutsam in den Sarg, der Anblick war so schrecklich, und ich war einfach unendlich traurig. Aber ich musste jetzt noch stärker sein für meine kleine Tochter und meinen Mann. Mein Mann lobte mich immer für meine Stärke und sagte: »Du bist unermüdlich und hast so ein gutes Herz.«

Ich hatte Jahre später viel um die Ohren, morgens habe ich meine Tochter zur Schule gefahren, 20 km zum Wirtschaftsgymnasium. Anschließend fuhr ich in mein Geschäft.

Es kam die Zeit, da es anfing, dass es meinem Mann sehr schlecht ging. Mein geliebter Mann ging aber trotz seiner Beschwerden zur Arbeit, egal, wie schlecht er sich fühlte. Eines Abends kam er nach Hause und klagte über starke Bauchschmerzen. Er ging zu unserer neuen Ärztin, die gerade die Praxis übernommen hatte. Sie hatte ihm für die Bauchschmerzen Tabletten aufgeschrieben. Nachdem er sie eingenommen hatte, fegte er noch den Hof und machte alles sauber. Danach legte er sich ins Bett, ich kochte ihm noch einen Tee und ging ab und zu ins Schlafzimmer, um nach ihm zu sehen.

Ich habe mich dann am Abend ins Wohnzimmer gesetzt und war nachdenklich, irgendetwas stimmte nicht. Ich nahm mir ein Blatt Papier und zeichnete etwas von einem Buch ab. Sowas beruhigte mich immer. Auf einmal hörte ich, wie mein Mann aufstand und zur Toilette gehen wollte, ich lief zu ihm. Ihm wurde auf einmal schlecht, und er fiel aufs Bett. Ich konnte ihn einfach nicht halten. Ich schrie nach meiner Tochter, die sofort den Krankenwagen anforderte. Der Krankenwagen war schnell vor Ort, sogar ein Rettungshubschrauber kam. Der war nicht nötig, denn sie brachten meinen Mann mit dem Krankenwagen ins Krankhaus nach Buchholz. Ich fuhr hinterher und blieb bis spät in der Nacht bei ihm, doch es passierte gar nichts.

Morgens musste ich unsere Tochter zur Schule fahren, und ich musste anschließend ins Geschäft, mit dem Kopf war ich ganz woanders. Ich fuhr nach der Arbeit direkt zu meinem Mann ins Krankenhaus, es war Freitagabend. Er lag mit noch zwei Patienten in dem Zimmer. Die Erstuntersuchungen wurden den Tag über gemacht, aber sagen konnten die Ärzte immer noch nichts. Die Schwestern hatten vergessen, meinem Mann die Thrombose-Strümpfe anzuziehen, es war im Allgemeinen sehr schwierig, auf der Station einen Ansprechpartner zu finden.

»Rosi, der rettende Engel«, so zog ich meinem Mann die Strümpfe an, und die Bettnachbarn habe ich gleich mit versorgt. Ich fuhr spätabends nach Hause, es war schon 23.00 Uhr, um meine Tochter brauchte ich mir aber keine Sorgen zu machen, denn die versorgte sich schon selber.

Als ich nach Hause kam, berichtete ich ihr, dass es Papa nicht gut geht und ich das Gefühl habe, dass niemand was unternimmt. Sie weinte so bitterlich um ihren

Brautfrisur Thurn und Taxe
(1984/1985)

geliebten Papi. Am nächsten Morgen fuhr ich schon um sieben Uhr ins Geschäft, meine Tochter hatte schulfrei. Es klingelte das Telefon, das Krankenhaus war dran. Eine Stimme am Ende der Leitung sagte: »Wir müssen Ihren Mann sofort operieren.« Mir fiel fast der Hörer aus der Hand, ich war so aufgeregt und konnte zuerst keinen klaren Gedanken fassen. Ich sagte nur zu der Stimme am Telefon: »Bitte warten Sie, ich bin in drei Minuten da.« Ich rief umgehend unsere Tochter an, die sofort mit dem Auto ihres Vaters ins Krankenhaus fuhr. Sie hatte ja schon einen Führerschein und durfte immer mit Papis Auto fahren, wenn es da war. Im Laden hatte ich schon einige Kunden sitzen, aber die waren alle sehr verständnisvoll meiner aktuellen Situation gegenüber. Nur eine Kundin nicht, und hätte ich gewusst, dass dieser Tag das Leben von meiner Tochter und mir nachhaltig ändern würde, hätte ich ihr nicht mehr die Haare geschnitten, sondern sie zum Teufel gejagt. Wütend rannte ich danach aus dem Geschäft, mein Kopf war voller Angst und Leere, weil ich nicht wusste, was mit meinem Mann los war. Ich fuhr, so schnell es ging, ins Krankenhaus. Als ich ankam, sagte die Ärztin: »Ihr Mann ist im OP, wir mussten schnell handeln, er hatte ein Aneurysma, die Aorta war geplatzt. Die OP wird noch dauern, fahren Sie nach Hause, wir melden uns bei Ihnen.«

Unsere Tochter hatten sie auch schon wieder nach Hause geschickt. So saßen wir beide ohne Kopf zusammen zu Hause und warteten auf den erlösenden Anruf. Endlich klingelte das Telefon, eine Stimme sagte nur: »Es tut mir leid, Ihr Mann hat es leider nicht geschafft.« Mir wurde der Boden unter den Füßen weggezogen. Ich kann mich noch daran erinnern, wie laut ich schrie. Meine Tochter versuchte mich zu beruhigen und ich legte mich auf die Couch, jetzt gerade war meine Tochter die Starke und nicht mehr ich. Sie rief sofort meine beste Freundin an, die auf der Stelle alles stehen und liegen ließ und zu uns kam. Jetzt sackte auch der Schock der Nachricht bei meiner Tochter und sie weinte bitterlich. Dieses Gefühl der Hilflosigkeit war unerträglich. Meine Tochter hatte noch kurz vor der OP mit ihrem Papi sprechen können, ich leider nicht mehr.

Meine beste Freundin, die ich schon über 28 Jahre kenne, die mich in meinem Leben schon oft unterstützt und bei mir gearbeitet hat, fuhr mich ins Krankenhaus. Jetzt musste ich so stark sein wie noch nie zuvor. Ich zitterte beim Betreten des Krankenhauses am ganzen Körper. Eine junge Ärztin begleitete mich an das Totenbett meines Mannes. Es war so schrecklich, dass ich keine Luft mehr bekam. Die junge Ärztin war sehr bemüht um mich und brachte mir ein Glas Wasser und eine Beruhigungstablette.

Ich fing mich langsam wieder: »Stark sein ist alles.« Ich schaute meinen geliebten Mann an, hob die Bettdecke hoch und fragte die Ärztin aus. Sie erzählte mir, dass mein Mann wegen der geplatzten Aorta zu schnell zu viel Blut verloren hatte. Sie legte ihre Hand auf meine Schulter und sagte zu mir: »Ihr Mann war einfach toll, er sagte kurz vor der Narkose zu mir: ‚Mein Mäuschen und mein Muschilein sollen schön auf sich aufpassen.'« Als der Anästhesist kam, um die Betäubung zu legen, sagte er nur trocken: »Hauen Sie rein die Scheiße.«

Selbst die Ärztin weinte mit mir. Wir fuhren nach ungefähr zwei Stunden wieder nach Hause. Ich konnte es einfach nicht fassen, glauben oder verstehen. Was ich jetzt brauchte, war ein Schnaps. Es war noch nichts geregelt, aber auch gar nichts, wer denkt daran, sich in der Blüte seines Lebens mit dem Tod zu beschäftigen.

Meine Tochter hatte am Montag Prüfung, ich hatte mit dem Lehrer und dem Professor telefoniert; was ich zu hören bekam, war: »Ihre Tochter schafft das schon.« Und wirklich, meine Tochter schaffte es, die Prüfung zu bestehen. Sie war so eine starke junge Frau, sie bestand mit der Note 2,2, und ich war überglücklich.

Es kam nun eine schwere Zeit auf uns zu. Ich musste versuchen, alles zu regeln. Unser Mieter kündigte, weil sie ein Haus kaufen wollten. Ich hatte kein Geld mehr, nur noch etwas zu essen, mein Geschäft musste ich aufgeben. Ich musste jetzt überlegen, wie wir fertig werden. Ich hatte mal wieder kein Heizöl, es würde sehr schnell kalt und feucht. Das Haus war alt und hätte schon länger saniert werden müssen, aber egal, ich hatte schon andere Hürden genommen.

Ich habe mich abends auf die Terrasse gesetzt, schön einen Sekt getrunken mit Kerzenschein und dann ins kalte Bett, dick angezogen mit Schlafanzug, darüber noch einen Trainingsanzug, dicke Strümpfe und Wolldecke. Morgens kalt duschen, egal, meine Tochter und ich mussten da jetzt zusammen durch. Meine ältere Tochter aus erster Ehe, meine Cousine und mein Schwager unterstützten uns. Wir mussten damals alles billig verkaufen. Das Geld musste ja geteilt werden, weil unsere Tochter schon über 18 Jahre alt war.

Die Leute haben über uns geredet, viele Sachen stimmten gar nicht, einige schon, aber es wurde immer viel dazugedichtet. Und gerade die, die nicht so liebe und gute Worte für uns übrig hatten, waren die, die einem falsch ins Gesicht gelächelt hatten. Ich aber war stark, stärker als der Rest.

Meine Tochter fing an, Innenarchitektur zu studieren. Sie hat nebenbei immer gearbeitet, im Café oder nachts an der Tankstelle. Manchmal half ich ihr, denn ich wollte sie so spät abends ungern alleine arbeiten lassen. Sie studierte einige Jahre.

Als der Papi verstarb, bekam sie Panik und kaufte sich einen Hund, einen Dalmatiner, ein wirklich hübsches Tier.

Dann auf einmal wollte sie ins Ausland, nach Amerika, sechs Wochen Englischschule brachten nichts, sie konnte sowieso Englisch und Französisch, und dann noch auf die beste Schauspielschule für 6.000 Dollar. Früher wollte sie immer nach Frankreich, da ist sie dann auch mal mit ein paar Freundinnen hingefahren mit einem kleinen Auto, ihnen war es egal. Meine Nerven hat das immer sehr strapaziert.

Als sie von der Englischschule aus Amerika wiederkam, war die Entscheidung klar, sie geht ganz und gar nach Amerika. Ich war einfach nur sprachlos.

Sie feierte mit ihren Freunden ihren Abschied bis nachts um 02.00 Uhr. Danach fuhr ich sie noch zu anderen Freunden, wo die Abschiedsfeier weiterging, und immer war ihr Hund dabei. Sie wurde damals von einem Kollegen abgeholt, mit dem sie mal zusammengearbeitet hatte, Innenarchitektur. Sie war dort immer sehr beliebt gewesen, weil sie viel konnte, handwerklich sehr begabt war, weil Papi ihr alles gezeigt hatte und sie als Frau sogar mit einer Bohrmaschine umgehen konnte. Sie nahm alles in Angriff, sie scheute sich vor nichts. Als ich mich damals verabschiedet hatte, brach es mir das Herz. Ich konnte meine Tränen nicht zurückhalten und weinte nur. Aber sie war erwachsen geworden, und es war ihr Leben und ihre Entscheidung. Mich durfte keiner ansprechen, ich habe über 6 Monate gebraucht, um ihre Entscheidung zu akzeptieren. Aber ich war ja nicht ganz alleine, ich hatte ja immerhin noch meine Tochter aus erster Ehe.

Ich habe meine Tochter mal in Amerika besucht, ich alleine nach L. A. Meine Tochter sagte nur: »Mami, ich hätte nicht gedacht, dass du es alleine schaffst, mich zu besuchen«, ich war damals zehn Tage da, es war wunderschön. Meine Tochter kam damals zu ihrem 30. Geburtstag nach Deutschland, ihrem Zuhause, zurück. Ich holte sie mit meiner Cousine, deren Tochter und Enkelin vom Flughafen ab. Wir hatten Luftballons besorgt und sie mit einem großen Hallo empfangen. Sie hatte auch mal eben schnell in Amerika geheiratet, ich hatte das alles so schnell gar nicht begriffen.

Mein Schwiegersohn ist top, aber meine Tochter muss alles machen, weil sie so patent ist und er eher zwei linke Hände hat. Jetzt lebt sie schon sieben Jahre in Amerika und arbeitet dort als Schauspielerin. Mein Schwiegersohn ist Filmcutter, aber auch selbst drehen sie Filme. Ich habe nur zu ihr gesagt: »Es ist dein Leben, und du bist noch jung, mache was daraus.«

»Rosi, die Unermüdliche.«

Ich bin die Kämpfernatur, der Skorpion, ich schaffe alles; wo ich bin, ist vorne. Ich liebe das Leben und gebe nicht auf. Ich war jung, um das Leben kennenzulernen, und unerfahren mit 22 Jahren, jetzt mit 69 Jahren, fast 70, weiß ich, wie

Meine erste Tochter Sonja, die seit dem 10. Lebensjahr Fußball spielte. Sie war seit 1982 insgesamt 38 Jahre im Verein.

man sich einsam fühlen kann, aber auch das Schöne, wenn man sich verliebt hat. Aber manche Männer sind nicht ehrlich zu einem. Ich habe in meinem Leben alles erlebt, von treuen Männern bis zu Fremdgängern. Aber es gibt nichts Schöneres, als verliebt zu sein, und dass die Liebe hält, wie jetzt bei mir, wenn man weiß, man hat endlich den Richtigen gefunden.

Mein Mann sagte einmal zu mir: »Wenn mir etwas passiert, lerne einen guten Menschen kennen, der für dich und deine Kinder da ist, der immer zu dir hält, dann wird immer alles gut. Nimm nie einen Ausländer als Mann, die haben eine ganz andere Mentalität als wir Deutschen, aber da gibt es auch solche und solche. Du bist eine hübsche Frau und schaue immer nach vorne, höre nie auf andere, die geben dir nichts, das ist das wahre Leben.« Vielleicht wusste er damals schon, dass er mich verlassen würde, dass er nicht mehr lange zu leben hatte. Damals begriff ich aber seine Worte nicht.

Ich war so verliebt in ihn, er war meine große Liebe, derjenige, der mich richtig aufgeklärt hatte, er war ja auch 15 Jahre älter. Es war mir nicht gegönnt, ich habe 9 ¾ Jahre gewartet, bis er sich scheiden ließ. Seine Mutter hasste seine damalige Ehefrau. Sie war eine notorische Fremdgeherin, sie hatte damals auch genug Gelegenheiten dazu, da er ja viel im Ausland gearbeitet hatte. Ich bin heute noch stolz auf mich, ich habe nie einen anderen Mann in der Zeit angeschaut, nicht einmal, wenn ich den Mülleimer hinausgebracht hatte.

Na ja, meine kleine Tochter in L.A., ich zog aus dem Haus aus, ich hatte mir eine schöne Wohnung gesucht. Mein Geschäft hatte ich ja nicht mehr. Ich gestaltete und richtete mir die Wohnung schön ein. Dann brauchte ich dringend Geld, damit ich leben konnte. Ich habe mich damals als Komparsin beim Film beworben. Ich habe in einigen Filmen mitgespielt, nach Drehschluss des jeweiligen Tages gab es den Arbeitslohn. Ich habe z. B. bei dem Film »Tod auf dem Feuerwehrball« mit Maria Furtwängler mitgespielt. Der Film wurde damals bei uns im Nachbarort gedreht. Ich bin damals auch mit dem Feuerwehrwagen gefahren, das war richtig spannend und lustig, es gab am Filmset jemanden, der dagegen war, aber das war mir egal. Dann drehte ich noch in Lüneburg und spielte eine Ordensschwester, ich drehte dort mit Conny Froboess, Matthias Habich, Peter Brix, Wohtan und vielen anderen.

Die Leute im Ort haben natürlich mal wieder über mich geredet, aber das scheint in einem kleinen Dorf bis heute gang und gäbe zu sein. Eine Kundin sagte mal zu mir: »Die sollen erst mal alle an sich denken und vor ihrer Haustür kehren.« Aber ich machte mir nichts aus dem Gerede. Ich brauchte das Geld, und es war keine schlechte Arbeit. Es war damals nicht viel Lohn, den ich als

Komparsin bekommen habe, aber ich war immer glücklich, auch mit wenig Geld. Ich war gesund und konnte arbeiten. Ich habe immer zu meinen Kindern gesagt: »Wenn man 2 Mark hat, kann man keine 3 Mark ausgeben.«

Eines Tages habe ich mir mal selber einen Friseurbesuch gegönnt. Ich habe in der Zeit, wo mein Geld knapp war, immer die Haare selber geschnitten, aber jetzt war ich auch mal wieder dran, mir etwas zu gönnen. Beim Haareschneiden sprach mich die Friseurin dann an, ob ich nicht Lust hätte, dort anzufangen, weil sie dort aufhörte. Die Friseurin wusste, dass ich einen Meisterbrief hatte, und ohne darf man kein Friseurgeschäft führen. Der aktuelle Chef war Ausländer und hatte keinen Meisterbrief und suchte händeringend jemanden, weil er sonst seinen Laden hätte schließen müssen. Ich war über diese Frage so glücklich und sagte sofort zu.

Sie stellte mich meinem zukünftigen Chef und seinem Bruder vor, sie waren sehr sympathisch und nett. Da war die Entscheidung schon gefallen, dort anzufangen. Sie hatten auch noch eine Angestellte, die ich sehr gut kannte, denn sie war früher eine Angestellte von mir. Es war einfach super, ich war sehr glücklich.

Jetzt arbeite ich schon sieben Jahre dort, und es gab noch nie Streit zwischen uns. Unser Team ist international und das, glaube ich, ist so einzigartig. Bei einer Weihnachtsfeier mit der Firma sind wir schön essen gegangen und danach auf die Bowlingbahn. Ich hatte mir einen Whisky Cola bestellt, man gönnt sich ja sonst nichts. Da kam der Bruder von meinem Chef, er hatte riesigen Durst und der Kellner ließ auf sich warten. Ich sagte zu ihm: »Hier, nimm mal einen Schluck.« Er setzte an und nahm einen großen Schluck, im gleichen Augenblick spuckte er es sofort wieder aus, er war Moslem und trank keinen Alkohol. Er war mir nicht böse, und wir lachten über sein Gesicht. Ich unterhielt den Abend wieder alle, wir hatten so viel Spaß. Meine Kollegin und ich tanzten, bis uns die Füße brannten. Es war ein so schöner Abend.

Eines Tages kam in den Friseursalon ein Herr herein. Er war von Beruf Koch und kannte meinen ersten Ehemann wie auch meine Ex-Schwiegermutter. Er hatte mit meiner Ex-Schwiegermutter zusammengearbeitet. Sie waren beide in einer Gastwirtschaft angestellt, sie als Reinigungskraft und er als Koch. Damals habe ich meiner Schwiegermutter viel geholfen, wenn sie putzen ging, manchmal war so viel zu tun und wir putzen bis nachts um 3 Uhr. Und ich musste dann morgens früh wieder zur Arbeit. Der Koch sagte zu mir: »Du bist die richtige Person dafür!! Ich arbeite als Koch in einem zweiten Altersheim, hast du nicht Zeit und Lust, dort den älteren Damen und Herren die Haare zu schneiden?« Ich überlegte nicht lange und sagte sofort ja. Ich musste mich nur noch in den

Altersheimen vorstellen und einen Mietvertrag für die Räumlichkeiten vor Ort machen. Ich konnte die nächste Woche schon gleich anfangen.

Ich hatte meinem Chef Bescheid gesagt, und er freute sich für mich. So war ich jetzt Angestellte und gleichzeitig selbständig. Ich habe es mir dann so eingerichtet, dass ich einen ganzen Tag in den Altersheimen arbeite. Ich habe dort viel zu tun, meistens sind es so um die 26 Kunden am Tag. Wenn ich komme, sitzen da schon einige von ihnen und jeder will der Erste sein. Ich sage dann immer: »Keine Angst, jeder kommt heute dran.«

Einmal erschrak ich, ich hatte einen Herrn im Rollstuhl zum Haareschneiden. Als wir fertig waren, schob ich ihn wie immer danach auf den Flur; als ich zurück in meinem Raum war, rumste es auf dem Flur. Der ältere Herr war mit seinem Rollstuhl umgekippt; wie er das geschafft hat, weiß ich nicht. Ich bin sofort nach dem großen Bums zurück auf den Flur, um ihm zu helfen. Ich schaffte es nicht, ihn alleine wieder in den Rollstuhl zu setzen. Ich holte mir Hilfe, und dann schafften wir es. Die älteren Herrschaften sagten danach immer: »Da kommt Rosi, der rettende Engel« oder »Schwester Rosi«. Ich helfe immer gerne, wenn ich helfen kann.

Auch meine Ex-Schwiegermutter hatte ich so gern und habe ihr auch immer geholfen, so habe ich das gelernt und ich habe es auch immer gerne gemacht. Ich bin mit ihr zu den Ärzten gefahren, oder ich habe sie jeden Tag im Krankenhaus besucht, wenn sie dort war.

Meiner älteren Tochter wurde die Wohnung gekündigt, sie wohnte in einem Haus von ihrem Onkel, meinem Ex-Schwager. So schnell wie möglich musste sie raus. Ich fand die Art und Weise einfach unmöglich, wie es abgelaufen ist. Aber die Mutter war »der rettende Engel«, dafür sind Eltern ja da, ihren Kindern beizustehen und zu helfen, wenn sie in Not sind. Ich nahm sie erst einmal mit mir in die Wohnung, meine Wohnung war allerdings klein, so schlief sie zunächst auf einer Matratze in der Stube.

Eines Abends saßen wir gemütlich zusammen und entschieden uns, zusammen ein Haus zu bauen. Meine Tochter sollte oben wohnen und ich unten. Und wenn ich später mal nicht mehr bin, kann eine Wohnung vermietet werden. Gesagt, getan. Wir begannen, uns Häuser anzuschauen, 20 verschiedene Modelle haben wir uns angeschaut, aber kein Bauunternehmen wollte so bauen, wie wir uns das vorgestellt hatten. Dann schmökerte ich in einer Fachzeitschrift für Handwerker. Ich habe dann das 21. Bauunternehmen angerufen, das Haus sollte so gebaut werden, wie wir beide es wollten. Ich sagte meinem Ex-Mann dann Bescheid und meinem Schwager, der regelte immer das Kaufmännische für uns.

Porträtfoto von Sonja

Aber wir hatten noch kein schönes Baugrundstück. Meine Tochter wollte gerne dorthin, wo ihr Vater wohnte. Na gut, der Bauplaner musste knapp zwei Jahre warten, bis wir uns entschieden hatten.

Mein Ex-Mann hat mir und unserer Tochter viel geholfen. Er hat auf unserem Grundstück große Bäume zersägt, und ich habe sie auf den großen Anhänger geschmissen. Es war ultraheiß, 30 Grad im Schatten. Wir mussten öfters Pause machen und etwas trinken, aber wir hatten es dann geschafft. Er hat uns bei dem Bau des Hauses so viel geholfen.

Meine Ex-Schwiegermutter verstarb zu dieser Zeit, und ich war sehr traurig. Ich hatte schon überlegt, wenn das Haus fertig wäre, sie zu mir zu holen und zu pflegen. Sie hatte immer so viel für mich getan. Sich um meine Tochter gekümmert, sonst hätte ich es gar nicht geschafft, meinen Friseurmeister zu machen. Mein Ex-Mann ist mit unserer Tochter viel zum Fußball gefahren, das war den beiden eine Leidenschaft.

Aber irgendwie gefiel mir mein Ex-Mann gar nicht, er hatte sehr viel abgenommen und wurde immer dünner. Er kam dann ins Krankenhaus, und ich besuchte ihn oft. Ich machte mir um ihn Sorgen. Leider verstarb er kurz darauf an seiner Krankheit und das am Ende unserer Bauphase. Der Schock saß tief, vor allem bei meiner Tochter. Jetzt musste ich mich um alles Weitere alleine kümmern, es war schon anstrengend, weil meine Tochter und ich ja auch noch voll gearbeitet hatten. Aber wir haben alles mit gemeinsamer Kraft gemeistert. Unser gemeinsames Haus war fertig, und wir zogen ein.

Nach ungefähr zwei Jahren war ich immer viel alleine gewesen, habe viel gearbeitet, aber sonst gab es in der Zeit nicht viel. Ich nahm mir mal eine Auszeit und fuhr in den Urlaub nach Sylt. Ich nahm mir dort ein kleines Apartment und genoss die Zeit. Ich dachte mir, immer alleine, ich muss etwas machen, ich bin nicht der Typ Mensch, der gerne alleine ist. Ich wünschte mir wieder einen Partner, mit dem ich meine Freizeit teilen konnte. Ich wünschte mir jemanden, an den ich mich einfach mal anlehnen konnte, ohne immer nur stark zu sein. So kam ich auf die Idee, nach dem Motto: »Gib doch einfach mal eine Annonce auf, was hast du zu verlieren?« Gesagt getan – unter meinem Apartment war ein Anzeigenbüro. Die Beraterin war sehr nett und kompetent. Sie sagte: »Ich schaue einmal, ich werde etwas Schönes für Sie aufsetzen, aber seien Sie nicht ungeduldig, Sie müssen ein halbes Jahr warten.« Alles klar, ich war gespannt. Mein Urlaub war zu Ende, und ich fuhr wieder nach Hause.

Als ich wieder zu Hause war, kamen nacheinander 60 Zuschriften, es war aufregend und interessant, die Briefe zu lesen. Ein netter Mann schrieb mir, wir telefonierten und unterhielten uns lange. Aber ich fuhr nochmal an die Ostsee nach Timmendorf, und danach wollten wir noch einmal telefonieren. Er war aber nicht der Einzige, mit dem ich telefonierte, es riefen mich einige interessierte Männer an. Ein Herr ließ nicht nach und rief mich mindestens 3-mal am Tag an. Ich sollte sechs Monate auf ihn warten, weil er erstmal sein Haus auf Gran Canaria verkaufen musste, das war mir irgendwie ein bisschen suspekt, und ich sagte ihm: »Nein, danke!« Ich werde doch keine sechs Monate ins Land streichen lassen, und dann ist er vielleicht doch ein Vollidiot, das musste ich mir nicht antun, und wenn er wieder und wieder anrief, nahm ich den Hörer nicht mehr ab. Irgendwann erloschen seine Anrufe, und er hatte verstanden, dass da wirklich kein Interesse von meiner Seite aus mehr vorhanden war.

Jetzt aber ein sehr netter Brief mit Foto, ein Herr mit einem Schnurrbart. Erst dachte ich: »Ach nö«, aber na ja, den könnte man ja abrasieren. Es dauerte ein paar Tage, da kam der gleiche Brief mit Foto an. Das erste Bild legte ich trotzdem auf meinen Nachttisch. Ich rief aufgeregt meine Freundin an und erzählte ihr von dem Brief. Sie sagte zu mir, ich solle da sofort anrufen, denn wenn ich erst mal 70 bin, brauche ich auch keinen Mann mehr.

O.K., dachte ich. Ich sah mir das zweite Bild noch einmal näher an. Attraktiver Mann, guter Haarschnitt, da achtet man als Friseurin drauf. Keine dunklen Augen, adrett angezogen mit schwarzem Hemd und Schlips. Ich ließ das Bild erst mal auf mich wirken und beendete den Tag, ohne ihn anzurufen.

Ich kam am nächsten Tag von der Arbeit und machte es mir auf meiner Couch gemütlich. Ich zündete Kerzen an und holte mir ein Glas Wein. Ich war entschlossen, den attraktiven Mann anzurufen. Aber erst rief ich vorher meine Freundin an, um meine Nervosität zu senken: »Hoffentlich werde ich ihn erreichen, ich rufe dich dann gleich zurück, wenn ich ihn erreicht habe, und berichte dir.« Mein Herz klopfte, ich war so aufgeregt, ich dachte, es springt mir raus. Ich tat es, ich wählte seine Nummer, ich zitterte. Es fing an zu klingeln, nach dem dritten Klingeln war er dran. Ich war immer noch so nervös wie ein Teenager. Wir haben uns auf Anhieb verstanden, wir haben geredet und geredet über zwei Stunden. Ich sagte zu ihm: »Du kannst morgen gleich hier antanzen mit Schlips und Kragen, so bin ich es von meinem früheren Mann gewohnt, und wenn du noch Wassermann bist, dann passt es.« Ich wollte nur einen Wassermann haben. Das Unglaubliche trat ein, er war Wassermann, noch dazu geboren am 14. 2. Es war einfach nicht zu glauben. Wir führten ein so nettes, lustiges Gespräch, mir kam es so vor, als würden wir uns schon 100 Jahre kennen und nicht gerade mal zwei Stunden. Er hatte auch einige gute Sprüche parat, er war schlagfertig, genauso wie ich.

Er sagte: »Du siehst ganz schön sexy auf deinem Profilbild aus, das ich auf dem Handy gesehen habe.« Meine Antwort ließ nicht auf sich warten, und ich antwortete: »Du bist aber ein ganz schön frecher Hund.« Wir mussten beide lachen. Und darauf musste ich erst mal einen Schluck nehmen. Als wir das Gespräch beendeten, sagte er: »Also bis morgen.«

Er kam am nächsten Tag, ich war so aufgeregt. Ich schaute aus dem Fenster und telefonierte nebenbei mit meiner Freundin. Ich rief ihr nur durchs Telefon zu: »Er kommt, er kommt!«

»Mercedes, das passt«, dachte ich mir. Er klingelte, und als ich die Tür aufmachte, nahmen wir uns zur Begrüßung fest in den Arm und küssten uns. Ich war hin und weg. Ich bot ihm einen Kaffee an und ein paar Weihnachtskekse, es war zwar schon längst kein Weihnachten mehr, aber er nahm es mit Humor. Er war früher Oberstabsfeldwebel, Gehaltsstufe A9. »Toll«, dachte ich, »der ist einfach und schlicht und kein verwöhnter Snob.«

Im Anschluss fuhren wir zum Essen in ein Hotel bei uns in der Nähe. Meine Schwägerin sah mich im Auto, als wir hinfuhren, und sagte mir später, ich hätte im Auto gesessen wie eine Königin, wir lachten, als sie mir das erzählte. Nun, wir hielten uns vier Stunden beim Essen auf und plauderten. Wir trafen noch ein bekanntes Ehepaar, sie haben es glücklicherweise aber keinem im Dorf erzählt, dass ich mich mit jemandem getroffen hatte.

Nach dem Essen fuhren wir zu mir, er blieb noch eine Stunde. Meine Tochter war nicht da, sie war beim Fußball. Sie selber spielt auch intensiv Fußball, seit sie zwölf Jahre alt ist. Als er leider fahren musste, sagte ich zu ihm: »Nächstes Wochenende komme ich zu dir, ich komme aber mit dem Zug.« Er sagte zu mir, dass ich eine tolle Frau wäre und dass er so eine süße Maus noch nie kennengelernt hätte. Ein kleiner Charmeur! Ich war so glücklich, wir verabschiedeten uns herzlich und konnten es gar nicht erwarten, uns das nächste Wochenende wiederzusehen.

Ich rief, nachdem er gefahren war, sofort meine Freundin an, um ihr alles über den schönen Tag mit einem wundervollen Mann zu berichten. Ihr verdankte ich, dass ich ihn überhaupt angerufen habe. Sie sagte zu mir: »Supi, Rosi, jetzt haben wir dich wieder unter die Haube gebracht.« Ich fühlte mich so glücklich, und als meine Tochter nach Hause kam, musste ich ihr auch alles erst mal berichten. Sie sagte, dass sie hofft, dass alles so bleibt, dann müsste sie sich keine Gedanken mehr machen. Ich war mir sicher, dass das der Richtige war!

Baubeginn 2013 im Winter

Abends rief ich noch meine kleine Tochter in L.A. an. Ich hätte es am liebsten in die ganze Welt hinausposaunt. Es passte einfach alles mit ihm. Aber ich muss und will noch arbeiten, denn das ist meine Leidenschaft.

Ich machte neben meinem Beruf als selbständige und angestellte Friseurin noch bei einem älteren Herrn einmal die Woche sauber. Ihn lernte ich damals kennen, als ich mich um eine ältere Dame kümmerte, sie lebte in einem betreuten Wohnheim. Ich ging viel mit ihr spazieren, half ihr im Haushalt, bügelte und saugte bis spätabends. Ich ging mit ihr einkaufen, habe mit ihr alles gemacht, wo sie meine Hilfe brauchte. Als sie Geburtstag hatte, sind wir mal drei Tage an die Ostsee gefahren. Sie war 83 Jahre alt, gab mir ihren Zweitschlüssel, weil sie oft anrief und meine Hilfe brauchte. Die anderen Bewohner waren immer eifersüchtig, weil sie mich hatte. Genauso wie ihre Familie. Der Sohn erzählte mir, dass die Schwiegertochter mich nicht leiden kann und dass sie möchten, dass ich gehe. Ich weinte, weil es einfach ungerecht war, ich habe viel für ihre Mutter getan und das auch gerne. Es ging ihnen wohl darum, dass sie mich für meine Hilfe bezahlte. Ich gab den Zweitschlüssel ab und ging. Meine ältere Dame rief mich abends an und sagte mir, dass sie ihren Kindern, sie hatte drei Söhne, und ihrer Schwiegertochter Bescheid gegeben hatte, was sie gemacht haben. Sie wollte mich damals immer als Schwiegertochter, aber ihr anderer Sohn wollte lieber alleine bleiben und das Jahr darauf verstarb er.

Nun entdeckte mich der ältere Herr, der immer im Strandkorb des Heimes saß, was er eigentlich nicht durfte, weil er kein Bewohner war, sondern eine eigene Wohnung hatte, aber er tat es trotzdem. Na ja, es hat auch keinen gestört. Wir unterhielten uns, und so kam es, dass ich jetzt einmal die Woche für drei Stunden bei ihm sauber machte. Wenn ich fertig mit dem Putzen war, musste ich ihn immer noch duschen, dabei hatte ich keine Probleme damit, weil er eine starke Behinderung hatte und ihm alles schwerfiel. Er zitterte ständig am ganzen Körper. Ich hatte mich dann darum gekümmert, eine Pflege für ihn zu bekommen, aber die durften ihm nur seine Kompressionsstrümpfe anziehen. Für Körperpflege war er noch zu fit. Das habe ich ja jede Woche gemerkt, dass er das nicht war. Insgesamt war er aber ein komischer Typ. Irgendwann stellte sich heraus, dass er noch einen Halbbruder und andere Geschwister hatte, die ich auch kannte.

Ich habe auch für diesen Mann viel getan, wenn ich daran denke, alleine vier Kisten Bier für ihn in die Wohnung geschleppt. Er erzählte mir irgendwann von seinem Halbbruder, dass er ihn mal aus dem Auto schmeißen wollte, weil er ein Testament machen sollte. Er hatte es auch später hinter meinem Rücken gemacht.

Ich hatte so viel Arbeit. Ich habe drei Jahre für ihn gearbeitet und dann das mit dem Testament, ich hatte mich überall geschämt, wenn ich mit ihm irgendwo auftauchte. Er ist mal auf der Straße gefallen, und er kam ins Krankenhaus. Ich war jeden Tag da, auch bis spät in der Nacht. Aber irgendwann musste ich mal nach Hause und schlafen, ich hatte ja schließlich einen Job und war eigentlich nur seine Putzfrau für drei Stunden einmal die Woche.

Später, als ich wieder zum Saubermachen bei ihm war, war alles sehr komisch, ich fand eine Einladung von seinem Halbbruder zum Geburtstag. Ich fragte ihn, was das zu bedeuten hatte und ob er auch da hingehen würde. Er wisse es noch nicht, erst mal sollte ich ihn an die Nordsee in Urlaub fahren. Ich willigte ein und sagte: »Ja, ich bringe dich hin und hole dich nach zehn Tagen wieder ab.«

Es sollte die Tage um 09.00 Uhr losgehen. Aber mein Ex-Mann lag im Sterben, und ich musste mit meiner Tochter dort hin. Ich war eine Stunde bei meinem Ex-Mann, als der Herr andauernd über mein Handy anrief. Meine Tochter wusste, dass ich ihn an diesem Tage wegfahren wollte. Es war eine furchtbare Situation. Es kam noch die Freundin meiner Tochter ins Krankenhaus, und ich entschied mich, zu fahren. Sie war ja jetzt nicht alleine. Ich bin losgefahren und war wütend über mich, dass ich es überhaupt tat. Ich dachte nur, wenn man was verspricht, muss man es auch halten, was für ein Quatsch, aber doch nicht in so einer Situation, aber das erkannte ich mal wieder erst später.

Als wir unterwegs auf der Autobahn waren, rief meine Tochter mich an und sagte mir, dass ihr Vater gerade verstorben sei. Ich war so wütend auf mich, dass ich jetzt hier im Auto mit dem älteren Herrn saß, statt aktuell bei meiner Tochter zu sein und ihr beizustehen. Ich lieferte ihn, ohne noch ein Wort mit ihm zu wechseln, im Hotel ab. Ich konnte mich gar nicht richtig auf das Autofahren konzentrieren. Nach zehn Tagen holte ich ihn wieder ab. Es dauerte einige Tage, bis meine Freundin sich bei mir telefonisch meldete und mir erzählte, dass der ältere Herr überall herumerzählte, dass er eine Freundin hat, nämlich mich!

Mir ist ja alles aus dem Gesicht gefallen, als ich das hörte. Ich war so rasend wütend, dass ich am nächsten Tag sofort zu ihm gefahren bin. Wutentbrannt stand ich vor ihm und sagte zu ihm: »So, mein Herr, jetzt spreche ich.« Ich fragte ihn, was er sich einbildete, so etwas zu erzählen. Ich knallte ihm seinen Schlüssel auf den Tisch und wollte gehen. Er stand auf und wollte mich schlagen. Ich dachte mir nur: »Jetzt schnell hinaus hier.« Jetzt ist er im Altersheim, und sein Halbbruder hat ihn mit seinem Testament in der Hand. Was bin ich selig, dass ich ihn los bin und jetzt meine Ruhe habe.

Sonjas Kawasaki

Früher fuhr ich mal mit meiner Familie für zwei Wochen an die Nordsee. Wir hatten uns eine kleine 2-Zimmer-Wohnung gebucht. Es war ein heißer Sommertag. Wir haben uns gesonnt und mit unserer Tochter Federball gespielt. Ich bekam dabei einen mächtigen Sonnenbrand, was ich am Anfang gar nicht bemerkt hatte. Aber der Sonnenbrand war so schlimm, dass ich erst mal zum Arzt musste. Er hat mir eine Salbe aufgeschrieben, ich habe viel gekühlt und die Sonne natürlich erst mal gemieden. Ich sah damals aus wie ein kleines rotes Monster.

Nach einigen Tagen hatte es sich wieder beruhigt. Ich war heilfroh, das waren richtige Schmerzen. Als wir spazieren gingen, trafen wir einen älteren Herrn, der gerade vom Einkaufen kam, vollgepackt mit Tragetaschen mit Lebensmitteln. Er musste sie immer absetzen, weil sie so schwer waren. Ich konnte es gar nicht mit ansehen, wie er sich abmühen musste. Wir sprachen ihn an und brachten ihm seine Einkäufe mit nach Hause, was nicht weit war. Wir brachten ihn bis in seine Wohnung, da öffnete uns seine Ehefrau. Die beiden waren schon 80 Jahre alt. Als Dank für unsere Mühe baten sie uns noch herein auf einen Kaffee. In der Wohnung sah es aus, holla. Uns traf fast der Schlag. Mein Mann sah gleich eine kaputte Steckdose, die er ihnen sofort reparierte; wenn der ältere Mann versucht hätte, sie zu reparieren, hätte er wahrscheinlich einen Stromschlag bekommen und wäre tot umgefallen. Wieder so ein Fall: Rettender Engel im Einsatz. Nach einer Stunde gingen wir wieder, und die Oma fragte uns, ob wir nicht wiederkommen wollten. Sie wären immer so alleine, hätten keine Kinder, nur eine Nichte in der DDR. Mein Mann sagte: »Natürlich, wir kommen gerne wieder, wir sind hier im Urlaub.«

Meinem Mann taten die beiden älteren Leute leid, weil sie so einsam waren. Wir besuchten sie nach zwei Tagen erneut. Aber eines Abends klingelte es an unserer Ferienwohnungstür und wer stand da, der Opa, der sagte, er hätte solche Nackenschmerzen, ob ich nicht mal kommen könnte, um mir das anzusehen. Ich konnte einfach nicht nein sagen, obwohl ich es mir doch gerade gemütlich machen wollte, ich war ja schließlich im Urlaub. Ich ging also zu ihm hin, mein Mann und meine 5-jährige Tochter blieben in der Wohnung.

Er hätte sich wohl den Nacken verspannt, und ich massierte ihn. Der Opa erzählte mir gruselige Geschichten über sich. Ich dachte nur: »Oh Gott, der nächste Fall.« Ich ging später wieder zu meiner Familie zurück und erzählte meinem Mann alles, was ich eben erfahren hatte. Diesen älteren Menschen mussten wir einfach helfen.

Am nächsten Tag sind wir zum Strand, ich wollte mich auch mal ein bisschen erholen und Zeit mit meiner Familie verbringen. Ich bin den nächsten Abend aber wieder zum älteren Ehepaar gegangen. Der Opa fragte mich, ob ich mir nicht noch mal die Zeit nehmen könnte, mit ihm zur Bank zu gehen. Ich verstand erst nicht, warum, aber ich willigte ein. Ich fragte ihn, warum ich denn mitkommen sollte. Er druckste herum und erzählte mir dann auch, warum. Er hatte eine Reinigungsfrau und hatte ihr und ihrer Familie die Kontovollmacht gegeben, weil sie ihn so bedrängt hatte. Er weinte vor Scham. Ich tröstete ihn und sagte: »Nun erzähl mir die ganze Geschichte, damit wir euch helfen können.«

Er hieß Karl und seine Frau Erna, wir fingen jetzt erst einmal an uns zu duzen. Dann fing er an, mir seine ganze Geschichte zu erzählen. Seine Reinigungsfrau und ihr Mann, Edith und Erich, hatten mit der Vollmacht 40.000 D-Mark von ihrem Konto abgehoben. Natürlich nur zur Verwahrung, wer's glaubt, wird selig. Sie hatten alle Bankkarten mit Pin-Nummer und die Zweitschlüssel für ihre Wohnung. »Oje«, dachte ich, »so etwas geht doch nicht, das muss ich jetzt in die Hand nehmen.« Ich war erschrocken, wie man so nette ältere Leute nur so ausnehmen konnte. Ich fragte Karl und Erna, was sie nur getan haben. Wir redeten, und die beiden bekamen sich fürchterlich in die Haare, ich musste erst mal schlichten. Ich versprach ihnen, dass ich mich darum kümmern werde. Sie waren überglücklich, dass ich ihnen helfen wollte.

Ab dem nächsten Tag war ich jeden Tag bei Karl und Erna, um ihnen zu helfen. Also bin ich mit Karl zur Bank, und wir schilderten dem Abteilungsleiter die Vorfälle. Der erschrak über so viel Dreistigkeit. Karl zog die Kontovollmacht zurück und wollte sie mir gleich übertragen. Ich sagte nur: »Mal halblang, erst mal mache ich es nur in Gegenwart des Abteilungsleiters.« Er fand es toll, wie sehr ich mich um das ältere Ehepaar bemühte, was ich alles so leistete. Karl, ich und der Abteilungsleiter unterschrieben, und so hatte ich jetzt die Vollmacht. Das war auch eigentlich so geplant, als wir zur Bank gingen. Aber ich hatte Mitleid mit ihnen, ich konnte einfach nicht anders. Karl wollte mir meine Hilfe immer bezahlen, aber ich sagte: »Jetzt ist Ruhe, erst mal bringen wir hier den Rest in Ordnung.«

Karl hatte schon am Kopf eine aufgekratzte Wunde, die nicht heilen wollte und sich ständig wieder entzündete. Wir waren damit beim Arzt, und es musste alle drei Tage neu versorgt werden. Die Stelle wollte einfach nicht heilen, weil Karl ständig mit seinen Fingern daran herumgepult hatte.

Darum habe ich mich auch erst mal gekümmert, das Ehepaar hatte ja nicht mehr gewohnt, sondern fast nur noch gehaust.

Nun kümmerte ich mich um Edith und Erich, ich rief sie an. Ich erklärte ihnen, dass ihnen die Vollmacht entzogen wurde und sie die Karten und die Schlüssel binnen drei Tagen abzugeben hatten, sonst würden wir zur Polizei

Das fertiggestellte Haus im Jahr 2014

gehen. Es tat sich in den nächsten drei Tagen nichts, und unser Urlaub ging zu Ende. Es war trotz der ganzen Zwischenfälle ein schöner Urlaub.

Mein Mann musste dann gleich wieder für drei Wochen ins Ausland, und ich war mit unserer Tochter wieder alleine. Ich ging auch wieder in meinem Geschäft arbeiten, und meine kleine Tochter war bei meiner Schwiegermutter. Ich hatte immer nur montags frei. Oft fuhr ich dann zu Karl und Erna. Ich nahm dann meine Tochter und Schwiegermutter mit, die verstanden sich alle sehr gut. Manchmal war Erna ein bisschen eifersüchtig auf meine Schwiegermutter, aber das legte sich dann allmählich.

Karl rief mich dann eines Tages an und fragte, ob ich schnell vorbeikommen könnte, ich verstand ihn kaum, weil er so leise sprach. Ich ließ mir Erna geben, die mit aufgeregter lauter Stimme sagte: »Wir sind am Ende und können nicht mehr.« Ich fuhr gleich am Samstagnachmittag nach der Arbeit mit meiner Tochter und Schwiegermutter los, und wir blieben bis Montag bei dem Ehepaar.

Mein Mann und ich hatten uns dort an der Nordsee eine kleine Wohnung angemietet, wir hatten es uns gemütlich eingerichtet, es war eine kleine Küche und Bad dabei, alles, was man brauchte. So hatten wir dort immer eine Unterkunft, wenn wir bei Karl und Erna waren. Und wir konnten immer dort in den Urlaub fahren, das war alles sehr praktisch.

Es waren eine Tour immer ca. 160 km, das war nicht gleich um die Ecke, aber ich konnte die beiden doch nicht alleine lassen, wenn sie nicht mehr wussten, was sie tun sollten. Als ich bei ihnen ankam, erzählte Karl mir, dass Erich angerufen hatte, um ihm mitzuteilen, sie würden nichts rausgeben, keine Schlüssel etc., ich hatte mich schon gewundert, warum sich keiner bei mir gemeldet hatte, aber so nahm ich an, dass alle angeforderten Sachen wieder zurückgebracht worden waren.

Am nächsten Morgen ging ich zur Polizei und erkundigte mich, wie wir uns verhalten können, so war diese Sache schon mal bei der Polizei gemeldet und ich hatte Beistand. Ich rief Erich und Edith an, ob sie jetzt kommen würden, sie verneinten es, sie waren so skrupellos, denen war alles egal. Ich dachte mir nur: »O.K., dann komme ich!« Als Zeugin nahm ich die Nachbarin mit, die auch auf unserer Seite war. Ich klingelte, Erich und Edith öffneten die Tür. Ich machte den beiden eine Ansage und bestand darauf, dass sie das Geld und die Schlüssel die nächsten Tage vorbeibringen, dass ich schon bei der Polizei und beim Anwalt war und, wenn sie weiteren Problemen aus dem Weg gehen möchten, dieses auch tun sollten. Ich fand noch heraus, dass das Auto, das Erich fuhr, Karls Auto war und auch auf Karl zugelassen war, er hatte es gekauft, weil Erich und Edith keines hatten und sie damit zum Einkaufen fahren sollten, also kaufte Karl ein Auto, bezahlte die Versicherung und Erich benutzte es, ohne dem Ehepaar zu helfen. Ich kann es einfach nicht verstehen, wie man zwei gutgläubige ältere Herrschaften so ausnutzen kann und dabei so herzlos ist.

Es war der Zeitpunkt gekommen, zu dem Erich und Edith kommen sollten. Die Nachbarin und ich hatten Karl und Edith noch mal eindringlich gesagt, wie sie den beiden gegenüber auftreten sollten. Wir beide hatten uns im Schlafzimmer versteckt und das Telefon mitgenommen, damit wir im Notfall die Polizei rufen konnten, falls etwas eskalieren würde. Wir ließen die Schlafzimmertür ein wenig offen, damit wir alles mitbekamen. Auf einmal klingelte es, und die beiden herzlosen Personen standen vor der Tür. Erna zitterte am ganzen Körper. Die Unterhaltung wurde auch sofort lautstark geführt, die Stimmung wurde immer gruseliger. Karl hatte ständig mit seinem Gehstock auf den Boden gestampft. Edith sagte wiederholt, dass sie keine Lust mehr gehabt hätte, sauber zu machen, Karl sagte nur: »Aber das Geld dafür habt ihr immer genommen. Und was hattest du mit der Steckdose gemacht, Erich, du wolltest mich umbringen? Das gute Geschirr habt ihr auch einfach mitgenommen, und das Auto möchte ich auch sofort wiederhaben. Legt das Geld, das ihr ohne unser Einverständnis abgehoben habt, auf den Tisch, sonst rufe ich die Polizei, ich habe genug Zeugen für alles.«

Es geschah ein Wunder, und die beiden legten das gesamte Geld auf den Tisch, das hätte ich nie erwartet. Ich dachte, sie hätten das gesamte Geld schon unter die Leute gebracht. Karl zählte das Geld schnell nach. Den Autoschlüssel schmissen sie dann auch auf den Tisch, und danach gingen die beiden endlich und knallten hinter sich die Haustür zu. Wir kamen aus dem Schlafzimmer und waren erleichtert, dass alles so glimpflich ausgegangen ist. Sie wussten ja nicht, dass Karl und Edith nicht alleine waren, die Nachbarin und ich hätten mehr Widerstand von den beiden erwartet. Karl erzählte uns später, dass er immer mit seinem Stock auf den Boden geklopft hatte, weil Erich immer näher kam und ihn schlagen wollte. Wir zählten das Geld dann noch mal in Ruhe nach und brachten es den nächsten Tag gleich wieder auf die Bank.

Als wir bei der Bank fertig waren, fuhr ich Karl zum Zahnarzt und danach zum Arzt, um die Wunde am Kopf zu säubern und neu zu verbinden. Ich habe mir das Verbinden zeigen lassen, damit ich das übernehmen konnte, weil Karl es wegen seines Alters nicht mehr so konnte.

Einige Wochen später rief Karl mich wieder aufgeregt an und erzählte mir, dass seine Nichte aus der DDR zu Besuch kommen möchte, die beiden waren

Porträtfoto vor meinem Haus

so aufgeregt. Bevor sie kam, musste die Wohnung allerdings erst einmal wieder auf Vordermann gebracht werden. Erna durfte von dem Aufräumen nie etwas mitbekommen, weil sie alles immer gesammelt und nie wirklich etwas weggeschmissen hat. Im Endeffekt war Erna ein kleiner Messi. Erna fragte mich immer, ob das sein muss, dass ich sauber mache, sie hätte es ja eben gerade erst gemacht. Na ja, eine Veränderung hat man dann allerdings nie gesehen. Ich fragte die Nachbarin, ob sie bereit wäre, mir dabei zu helfen, weil ich alleine nur schleppend vorankommen würde, und ich müsste ja am nächsten Tag auch schon wieder nach Hause in den Laden. Sie war bereit, mir zu helfen, und wir steckten Erna erst mal ins Bett, damit sie nichts mitbekam. Karl hatte sich auf das Sofa gelegt und guckte noch Fernsehen.

Am nächsten Tag erblickte Erna, was letzte Nacht alles passiert ist, und war sehr erbost darüber und schimpfte mich erst einmal ordentlich aus. Karl hatte auch kräftig Bescheid bekommen, wie er das so zulassen konnte. Am Tag darauf war ich froh, als ich wieder zu Hause ankam.

Dann gab es eine Zeit, wo ich mit Karl einmal die Woche zur Akupunktur bei uns in der Region gefahren bin, wegen seiner starken Migräne. Ich habe ihn dann immer abgeholt von zu Hause, 160 km hin und zurück und das je zweimal. Er stand damals immer schon vor der Tür und wartete auf mich. Einmal nach dem Termin nahm ich Karl mit zu mir nach Hause, um ihm zu zeigen, wie ich so lebte. Wir hatten Erna Bescheid gegeben, dass wir den Tag erst spätabends nach Hause kommen, weil ich ihm noch alles in Ruhe zeigen wollte.

Wir hatten noch schön zusammen gegessen und einen Kaffee getrunken, als Erna auf einmal wutentbrannt anrief und rumschrie, wo wir beide denn bleiben. Erna hatte es vergessen, dass wir ihr Bescheid gesagt hatten. Ich erklärte ihr, dass wir bei mir zu Hause sind und meine Schwiegermutter und Patentante auch dabei sind, dass wir aber jetzt bald losfahren und wahrscheinlich gegen 22.00 Uhr zuhause sind. Oh, oh, oh, Erna war auf einmal sehr wütend und knallte den Hörer auf. Ich dachte nur innerlich, die Schwiegermutter hätte ich weglassen können, ich wusste ja, dass Erna auf sie so eifersüchtig reagierte. Karl sagte dann nur: »Die beruhigt sich schon wieder.«

Ich fuhr Karl dann wieder nach Hause, meine Tochter blieb bei der Oma, weil sie nächsten Tag Schule hatte und ins Bett musste. Karl wäre am liebsten bei uns geblieben, denn er wollte gar nicht mehr nach Hause. Er fand meine Schwiegermutter so gut.

Wir hatten an diesem Tag so viel Spaß miteinander. Ich sagte nachher nur: »Karl, nun komm, deine Erna schimpft wie ein Rohrspatz, wenn wir nicht gleich nach Hause fahren.« Wir kamen dann mit etwas Verspätung nachts um 23.30 Uhr bei Karl zu Hause an. Ich hatte die Patentante meiner Tochter mitgenommen, damit die Rückfahrt nicht so langweilig wurde.

Als wir bei Karl hereinkamen, kam uns eine aufgebrachte Erna entgegen, die meckerte und meckerte. Karl beruhigte sie erst mal, und wir anderen beiden fuhren in Ruhe wieder nach Hause. Es war schon richtig spät, und ich musste ja morgens früh wieder im Laden stehen. Ich war den nächsten Morgen echt kaputt, ich weiß gar nicht, ob ich mehr als drei Stunden die Nacht geschlafen hatte. Aber wer »A« sagt, muss auch »B« sagen und das erst recht als »rettender Engel«.

Karl hatte sich in den Kopf gesetzt, dass wir bei unserem nächsten Treffen ein Beerdigungsinstitut aufsuchen und alles schon mal regeln, er suchte sich ein Grab aus, wir klärten alles Finanzielle mit dem Bestatter und Karl bezahlte alles sofort. Wir hatten das Auto verkauft und mit dem Geld wollte er die Rechnung bezahlen. Ich dachte nur zwischendurch, ich werde bescheuert, ältere Leute sind manchmal sehr anstrengend, aber ich dachte nur: »Ruhig, Rosi, jeder wird mal alt.«

Erna rief mich dann jeden Samstag im Laden an und fragte, wann ich endlich kommen würde, sie hätten nichts mehr zu essen. Ich sagte immer: »Ja, ja, ja, Erna, du weißt doch, dass ich morgen komme, und dann bringe ich euch Lebensmittel mit.« Das Gute an der Nordsee und Ostsee ist, dass die Geschäfte dort sogar sonntags geöffnet haben, so konnte ich, bevor ich sie besuchte, immer frisch einkaufen.

Erna war schon manchmal etwas merkwürdig geworden. Sie wurde krank, als die Nichte mit ihrem Mann und Sohn nach langer Zeit zu Besuch kam. Karl sagte, er hätte sie fast 18 Jahre nicht gesehen. Ich hatte gedacht, ich hätte mich mit seiner Nichte gut verstanden. Ich holte damals die Nachbarin auch noch zum Kaffee rüber, weil sie auch immer geholfen hatte. Mich wunderte nur, dass die Nichte gleich in den Schränken in der Küche irgendetwas gesucht hatte. Karl sagte nichts dazu, er lief ihr immer nur hinterher.

Als es Erna schlechter ging, brachte ich sie mit Karl ins Krankenhaus. Ich hatte mir dann sofort eine Woche Urlaub im Laden genommen, damit ich Karl versorgen konnte. Ich hatte super Angestellte, die das damals alles verstanden hatten und mich unterstützten. Meine beste Freundin passte auf alles auf, zu Hause und im Laden.

Erna verstarb kurze Zeit darauf, und ich regelte den Rest mit der Beerdigung und kleidete Karl erst mal neu ein. Er sollte ja anständig angezogen sein, wenn er seine Frau das letzte Mal begleitet. Wir kauften ihm einen adretten Anzug

Theateraufführung zum 60. Geburtstag links Rosemarie, rechts Schwester Silke-Marika

und schöne neue Schuhe. Ich informierte die Nichte wegen des Termins der Beerdigung.

Nach Ernas Beerdigung gingen wir in eine kleine Gastwirtschaft zum Kaffeetrinken, wir waren zusammen ungefähr 15 Freunde und Verwandte. Karl war so unendlich traurig.

Karls Nichte schlängelte die ganze Zeit um ihn herum. Das Verhalten war schon sehr merkwürdig. Sie sagte zu Karl, dass er ja jetzt nicht alleine bleiben könnte und dass er mit ihr nach Hause kommen sollte und dort ins Heim, wo sie auch arbeitete. Karl sagte natürlich nein, welcher ältere Mensch möchte schon vor allem hören, wenn er gerade sein Liebstes zu Grabe getragen hatte, dass er ins Heim soll. Er sagte: »Ich bleibe hier oder gehe mit zu Rosi. Sonst hänge ich mich auf.«

Alle Gäste waren erbost über diese Unterhaltung, wie konnte die Nichte Karl so vorführen?

Ich bin abends nach der Beerdigung noch nach Hause gefahren. Die Nichte hatte sich mit ihrer Familie ein Zimmer genommen, denn sie wollten noch ein paar Tage bleiben. So wusste ich, dass Karl nicht allein war und ich mich mal ein wenig erholen und um meine privaten und geschäftlichen Dinge kümmern konnte, was ich die letzten Wochen sehr zurückstecken musste.

Ich hörte die nächsten Tage nichts mehr von Karl und fuhr wieder hoch, um nachzusehen, ob alles in Ordnung sei. Ich wollte die Tür aufschließen und musste bemerken, dass das Schloss ausgetauscht war. Ich klingelte bei der Nachbarin, um nachzufragen, ob sie etwas wüsste, aber dort machte keiner auf. Dann versuchte ich es bei einem anderen Nachbarn, der erzählte mir, dass die Nachbarin einige Tage nach Hamburg gefahren ist und dass Karl nicht mehr da ist, dass er von seiner Nichte abgeholt worden ist, mit Sack und Pack. Ich war einfach nur sprach- und hilflos zugleich.

Ich bin dann erst einmal wieder nach Hause gefahren und habe meinen Bruder angerufen, was ich jetzt machen könnte. Ich konnte das doch nicht einfach so stehen lassen, vor allem, wo ich genau wusste, dass Karl nicht mit seiner Nichte mitwollte. Was war also passiert, dass er doch mitgefahren ist? Zum Glück kannte ich die Adresse der Nichte. Wir fuhren über drei Stunden. Als wir im Ort ankamen, fragten wir uns erst einmal durch, wo das nächste Heim wäre. Nach einer Stunde hatten wir dann endlich Erfolg und hatten es gefunden.

Mein Bruder und ich gingen hinein und waren erschrocken, was für ein schreckliches Heim es war. Es war schon spät, ca. 21.00 Uhr, keine Menschenseele war zu sehen. Wir hörten einige der Bewohner schreien und jammern, das ging bis ins Mark. Endlich trafen wir einen zuständigen Mitarbeiter und der führte uns zu Karl. Mein Karl lag angeschnallt auf dem Bett, ich war erschüttert und kurz vorm Weinen. Das war so ein schrecklicher Anblick. Karl sah zu uns rüber, und gleichzeitig fing er an zu weinen und wimmerte: »Bitte, bitte, hol mich hier heraus. Wenn ich ein Messer hätte, würde ich mir die Kehle durchschneiden!« Jetzt wusste ich auch, warum sie ihn fixiert hatten. Es war dort einfach nur schrecklich. Ich sagte zu Karl: »Ich hol dich hier heraus, so schnell ich kann.« Ich suchte eine Pflegekraft, um mich über die Situation zu informieren, und sagte ihr, dass ich sonst auch mit der Polizei vorbeikommen würde, um Karl zu befreien, wenn sich nichts ändere. Sie erzählte mir kurz, dass sie sich nicht um Karl kümmert und dort auch schon lange nicht mehr arbeitet.

Wir fuhren am Abend erst mal wieder nach Hause, wir konnten so schnell jetzt auch nichts ausrichten, was mir das Herz brach.

Am nächsten Morgen schaltete ich einen Anwalt ein, dann erfuhren wir, dass die Nichte und ihr Sohn auch schon einen Anwalt eingeschaltet hatten. Nur Pech für die Nichte, Karl und Erna hatten damals schon alles im Testament auf meinen Namen umschreiben lassen …

Leider ist mein Karl dann auch verstorben, und ich wusste es erst gar nicht, die Nichte hatte die Beerdigung organisiert, bezahlt hatte Karl sie damals ja schon. Ich hatte damals das Grab kaum wiedergefunden, es sah so schrecklich aus, ungepflegt, keine Blumen. Sowas hatten mein Karl und seine Erna nicht verdient.

Es gab einmal eine Kundin, der ich oft die Haare gemacht hatte. Die schüttete mir ihr Herz aus und stöhnte, dass sie finanzielle Probleme habe, weil ihr Mann sich scheiden ließ. Sie lebte mit ihrer Tochter in einem Haus. Was machte die mitfühlende Rosi, ich kaufte für die beiden ein, weil sie kaum etwas zum Essen hatten. Ich habe ihr die Haare umsonst geschnitten und frisiert. Ich hatte mich gerade selber selbständig mit meinem Laden gemacht, und bei mir war das Geld auch nicht so locker. Aber ich konnte ja auch nicht zulassen, dass das Kind hungern musste. Ich machte es ein paar Mal, und sie war mir sehr dankbar.

Ich werde auch nie vergessen, wie mal ein Kunde mit seinem Kind in den Laden kam und sie sich beide von mir die Haare schneiden ließen. Als ich fertig war, sagte er, er hätte gerade kein Geld dabei, ob er es auch nächstes Mal bezahlen könnte. Ich war etwas verdutzt und sagte ja, weil ich wusste, man sieht sich ja wieder, denn man wohnt ja auch in der gleichen Nachbarschaft. Sie verließen das Geschäft und dann sah ich, wie sie sich beide nebenan ein Eis kauften. Ich war mal wieder sprachlos und die anderen Kunden im Laden fanden das Verhalten auch einfach nur unmöglich. Bis zum heutigen Tag habe ich mein Geld nicht gesehen … meine Gutmütigkeit und eigene Dummheit. Es war alles nicht mehr schön.

Vor einigen Jahren lernte ich auch mal wieder einen Herrn kennen, er war noch verheiratet. Als er die Scheidung eingereicht hatte, verstarb er plötzlich einige Tage später. Wir hatten den Abend vor seinem Tod noch gesprochen. Es war einfach schrecklich, aber das Unheil nahm weiter seinen Lauf. In der gleichen Woche verstarb mein geliebter Bruder. So viel Verlust in kurzer Zeit konnte ich nicht verarbeiten und war zwei Wochen lang krankgeschrieben. Danach kniete ich mich noch mehr in die Arbeit, so kreisten meine Gedanken nicht immer wieder um die beiden geliebten Menschen, die ich verloren hatte. Meine Kunden waren aber glücklich, dass ich wieder für sie da war.

Eines Tages kam eine ältere Dame im Altersheim auf mich zu, wo ich ja immer einmal die Woche arbeite als Friseurmeisterin. »Ich habe mal eine Frage, Sie schneiden meinem Schwager immer so schön die Haare, und Sie können so gut mit älteren Menschen umgehen. Ich habe eine Freundin, die ist ein besonderer Fall. Sie ist nervlich krank und lässt keinen an sich heran, geschweige an ihre Haare. Ihre Haare wurden wohl schon fast 15 Jahre nicht geschnitten und kaum gewaschen. Ihr Ehemann und die Kinder sind machtlos. Könnte ihr Mann Sie vielleicht mal kontaktieren, vielleicht lässt sie Sie ja an sich ran«? Ich gab der Dame meine Handynummer und wartete, was da kam. Der Mann rief mich wenige Tage später an, und ich war bereit, mir die Sache mal anzuschauen. Wir vereinbarten einen Termin. Der rettende Engel war wieder einmal unterwegs.

Als der Ehemann mir die Tür öffnete, oh, oh, er war auch schon etwas gebrechlich. Er erzählte mir etwas von seiner Frau und sagte: »Hoffentlich werden Sie etwas mit ihr anfangen können, wir haben die Hoffnung schon lange aufgegeben.«

Ich bin mit ihm dann in die Stube zu seiner Frau gegangen. Ich begrüßte sie, und wir plauderten ein wenig. Als wir uns ein bisschen angenähert hatten, sagte ich zu ihr, dass wir jetzt mal in die Küche gehen, ihre Haare schneiden und sie mal wieder richtig schick machen. Sie stand von ihrem Sessel auf und sagte zu mir: »Ja, das machen wir.« Ihr Mann schaute mich ganz erschrocken an, denn mit der Reaktion seiner Frau hatte er nicht gerechnet, weil er doch seit Jahren mit Engelszungen auf sie eingeredet hatte.

Ich setzte sie auf einen Stuhl, schwang ihr den Friseurumhang um und fragte sie, wie viel wir denn abschneiden wollen. Ich sagte ihr, wir müssten erst mal das Haarteil abnehmen. Sie sagte nur zu mir: »Wieso Haarteil, das sind alles meine eigenen Haare.« Ich dachte nur: »Du lieber Gott!« Ich wusste gar nicht, wo ich bei ihren verfilzten Haaren anfangen sollte.

EST.1949

Rosemarie

WIRD

EINLADUNG ZUM GEBURTSTAG
...und Verlobung

Einladung zu meinem 70. Geburtstag und Verlobung im Jahr 2019

Ihre Haare waren 30 cm hochgewachsen, immer im Kreis herum, wie ein hohes Vogelnest. Ich musste mich erst mal ganz langsam rantasten. Wenn man die Haare etwas anhob, sah man nur Weiß darunter. Stück für Stück tastete ich mich weiter vor und schnitt alles ab. Es tat natürlich weh, wenn ich die verklebten Haare bewegte, deswegen dauerte es auch alles ewig.

Über zwei Stunden brauchte ich, um dieses Vogelnest zu entfernen. Als ich alles herunter hatte, waren die Haare nicht mehr länger als ein bis zwei Zentimeter. Waschen durfte ich die Haare aber nicht. Sie versprach mir aber, dass sie die Haare am gleichen Abend noch waschen würde. Jetzt wusste ich, was der Mann und die Kinder damit meinten, sie würden nicht an sie herankommen. Wenn sie etwas nicht wollte, machte sie dicht, egal, wie man auf sie einredete, sie ließ sich nichts sagen. Ich dachte mir nur, Respekt vor dem Mann, was er so alles über sich ergehen ließ.

Der ältere Mann genehmigte sich erst mal einen Schnaps, als ich mit seiner Frau fertig war. Er bezahlte mich sehr gut, er war so glücklich, dass ich es geschafft hatte. Im Altersheim erfuhr ich von der Freundin, dass ihre Freundin danach in der Psychiatrie gewesen wäre und geheilt entlassen wurde. Es geht ihr gut und sie wäscht und pflegt jetzt regelmäßig wieder ihre Haare. »Gott sei Dank«, dachte ich mir, »der rettende Engel hat es geschafft …«

Mein geliebter Freund sagte eines Tages: »Wir müssen mal Urlaub machen, um uns besser kennenzulernen und uns zu erholen.« Er buchte ein Hotel in der Tschechoslowakei, eine ganze Woche, nur er und ich. Es hatte mal geregnet, mal gab es Sonnenschein. Wir haben immer ausgiebig gefrühstückt und uns über Gott und die Welt unterhalten, so vertraut, als ob wir uns seit Jahrzehnten kannten. Wir haben viel unternommen, wir sind auch täglich schwimmen und spazieren gegangen. Natürlich sind wir viel bummeln gegangen, und wenn wir an einem Geschäft vorbeigingen und ihm was für mich gefiel, ging er rein und kaufte es mir sofort. Ich sollte immer gut aussehen. Mir als Frau gefiel das natürlich.

Als wir weiterschlenderten, sah ich eine kleine Bummelbahn, ich fahre so gerne Zug, und schon saßen wir drin. 40 Minuten ging die Fahrt, und es war richtig toll. Bei solchen Erlebnissen verhalte ich mich immer wie ein Kind, das sagte mein zweiter Ehemann auch immer.

Dann sind wir auch mit dem Bus nach Prag gefahren. Prag ist wirklich eine Reise wert, eine sehr schöne Stadt. Es hatte leider so geregnet, aber mir machte es nichts aus. Drei Stunden haben wir Prag erkundet, wir haben viel besichtigt, aber die Zeit rannte uns leider nur so davon.

Rosi mit Sektfürst von Metternich vor unserer Haustür

Als wir zurück auf dem Weg zum Bus waren, gingen wir über eine Brücke. Dort stand ein Mann aus Stein, den alle Leute angefasst haben und mit dem sie sich fotografieren ließen. Es hieß, wenn man das macht, kann man sich etwas wünschen. Wir hatten noch zehn Minuten, bis der Bus wieder losfuhr.

Es regnete immer noch, aber ich wollte mir auch unbedingt etwas bei dem Mann aus Stein wünschen und mein Freund auch. Also beeilten wir uns und liefen dort nochmal hin. Jeder von uns wünschte sich etwas, aber wie es ja immer so ist, durfte man seinen Wunsch nicht verraten. Ich kann nur sagen, dass mein Wunsch später in Erfüllung gegangen ist. Wir fuhren dann mit dem Bus zurück zum Hotel und verbrachten noch einen schönen harmonischen Urlaub zu zweit.

Ich hatte endlich den richtigen Mann gefunden, den ich jeden Tag mehr liebte. Jetzt sind wir schon ein Jahr und acht Monate zusammen. Und immer noch wächst unsere Liebe. Wir haben so viele Gemeinsamkeiten, wir sind einfach füreinander bestimmt.

Er wurde 70 Jahre alt, und es wurde ordentlich gefeiert. Wir hatten für seine Feier ein kleines Hotel gemietet. Als er dann Geburtstag hatte, habe ich ihn überrascht. Ich bin morgens um 4 Uhr aufgestanden und mit dem Zug und einem Taxi zu ihm gefahren. Er wusste von nichts, er dachte, ich müsste den Tag arbeiten. Als ich ungefähr drei Stunden später bei ihm ankam, stellte ich mich vor die Tür, klingelte und sang laut Happy Birthday. Er war einfach nur sprachlos und hat sich riesig gefreut. Ich hatte ihn aus dem Bett geschmissen, es war ja auch noch früh, erst 7.00 Uhr. Er ließ seinen Sport ausfallen, wo er sonst jeden Tag konsequent hingeht, aber für mich ließ er ihn einmal ausfallen.

Ich musste den Abend aber leider schon wieder nach Hause fahren. Ich war immer noch sehr aufgeregt von dem schönen Tag. Ich war so in Gedanken, dass ich im Zug nicht mitbekommen habe, dass alle ausgestiegen waren und ich ganz alleine im stehenden Zug saß. Der Schaffner kam, um zu kontrollieren, ob alle ausgestiegen waren. Aber ich saß immer noch da, tief in schönen Gedanken versunken. Ich werde nie, nie, nie vergessen, wie er mich antippte und sagte, ich müsse jetzt aussteigen und rüber auf die anderen Gleise, um den Anschlusszug nach Hamburg zu bekommen.

Meine Tochter holte mich in Hamburg vom Bahnhof ab. Ich erzählte ihr, was mir beim Umsteigen passiert ist, und sie schüttelte nur den Kopf und lachte. Ich sagte nur: »Ich werde jetzt öfters mit dem Zug fahren, dann werde ich es lernen, darauf zu achten, rechtzeitig umzusteigen«, und tatsächlich kenne ich mich jetzt gut aus beim Zugfahren.

Nun war der Tag da, an dem die 70-jährige Geburtstagsfeier meines Freundes stattfand. Wir feierten in einem Hotel, ich war sehr aufgeregt, weil ich zum ersten Mal seine Familie kennenlernte, seine Tochter und Ehemann, seine zwei Enkelkinder und seine drei Geschwister. Wir haben uns alle auf Anhieb super verstanden, es sind alles tolle Menschen.

Ich hatte für ihn zum Geburtstag etwas Schönes gedichtet und es dann vor allen Gästen vorgetragen. Alle anwesenden Gäste waren begeistert und am Ende gab es einen tobenden Applaus.

Mein Freund war sehr gerührt von meinen Worten, so dass er sogar Tränen in den Augen hatte.

Meine Töchter konnten leider nicht dabei sein, die eine war in Amerika und die andere hatte von der Arbeit nicht frei bekommen. Es war sehr schade, weil sie meinen Freund offiziell auch noch nicht kannten, aber so läuft es manchmal im Leben. Wir feierten ausgiebig, und die Feier war einfach gelungen. Wir sind nach der Feier noch ein paar Tage zu mir nach Hause gefahren, diesmal nicht mit dem Zug, sondern mit seinem Auto.

Die Tage haben wir genutzt, dass mein Freund auch meine Tochter kennenlernen konnte. Sie war sofort von ihm begeistert und sagte, dass wir wie Topf und Deckel zusammenpassen.

Er sagte die Tage zu uns: »Ihr habt ja noch gar kein Carport für eure beiden Autos, die könnt ihr doch nicht nur dem Wetter aussetzen. Und am besten wäre es, wenn an dem Carport ein kleiner Schuppen dran wäre, so was ist immer praktisch.« Mein Freund ist nicht nur ein Mann von Worten, sondern auch von Taten. So fuhren wir sofort los, und er kaufte das Material ein und er fing an, uns das Carport aufzubauen.

Dann inspizierte er unser ganzes Haus und bemerkte, dass der Balkon meiner Tochter von der Firma schlecht verarbeitet war. Das musste auch erneuert werden. Das hat er mit einem Freund aus unserem Dorf neu gebaut.

Dieser geliebte Mensch, mein Freund, ist einfach herzlich, gutmütig, fleißig und arbeitsam und noch vieles mehr. Nie wieder möchte ich ihn missen. Jetzt habe ich endlich den Mann meiner Träume gefunden, den ich über alles liebe. Er sagte zu mir: »Wenn wir hier bei dir alles am Haus fertig haben, fliegen wir zu deiner Tochter nach Amerika, es wird Zeit, dass ich sie auch mal kennenlerne. Sie hat doch im Februar Geburtstag und wird 32 Jahre alt. Ich habe schon mal zwei Tickets gebucht.« Ich war sprachlos und überglücklich.

Es ging tatsächlich bald los, auf nach Amerika. Ich war diesmal nicht alleine, und es war einfach zu schön. Meine Tochter und ihr Ehemann holten uns vom

Pinke Limousine zur Verlobung, als Geschenk für
meinen Schatz (19. 11. 2019)

Flughafen ab, es war eine große Freude, die beiden wiederzusehen. Sie brachten uns dann erst mal zu unserem Hotel. Das Hotel, das mein Freund gebucht hatte, war ein großer Reinfall. Das Zimmer war furchtbar, man kam sich vor wie im Knast. Dunkle, alte, abgenutzte Möbel, die Gardinen durfte man nicht berühren, sonst war die Gefahr, dass sie gleich mit Stange herunterfielen. Das Frühstück war unterirdisch und vom Kaffee und Kuchen mal abgesehen.

Wir zogen noch am Abend in ein anderes Hotel um. Das war gar kein Vergleich zum ersten, es war superschön dort und jetzt konnte der Urlaub beginnen. Am nächsten Tag fuhren wir zu meiner Tochter, und sie lernten meinen Freund jetzt erst mal richtig kennen. Wir sahen uns alle zusammen die Gegend an und fuhren dann noch nach Hollywood.

Meine Tochter hatte ja Geburtstag und so feierten wir abends mit ihren Freunden noch ein berauschendes Fest. Ich habe natürlich noch meinem Schwiegersohn die Haare geschnitten, ohne Arbeit kann ich halt nicht. Ich könnte nicht auf Dauer in Amerika leben, das wäre mir viel zu heiß dort. Aber meine Tochter liebt das Land, sie ist noch jung und soll etwas aus ihrem Leben machen.

Die Zeit in Amerika verflog wie im Flug, und wir mussten wieder nach Hause. Es war eine tolle Zeit, die ich nie vergessen werde.

Ich werde im November 70 Jahre alt und werde das ausgiebig feiern. Da werden mein Freund und ich offiziell bekannt geben, dass wir uns verlobt haben. Es ist schon alles organisiert, alles freut sich, meine Schwester, meine Verwandten und meine Freunde. Und sie werden alle bei der Verlobung große Augen machen.

Eine Überraschung, am Freitag, den 08. 11. 2019, fuhr ich mit dem Zug zu meinem Freund nach Friedrichstadt. Ich war erst spät angekommen, es war 21.19 Uhr, und ich wurde wie immer von meinem geliebten Freund abgeholt. Als wir bei ihm zu Hause ankamen, zog ich erst mal die Jacke aus und gleich darauf nahm mein Freund mich an die Hand und sagte zu mir, er habe eine Überraschung für mich. Ich war sehr aufgeregt, was er sich für mich überlegt hatte, und was dann kam, damit hätte ich nicht gerechnet. Wir gingen ins Wohnzimmer, der Tisch war wunderschön gedeckt. Mit vielen roten Rosen, Kerzenschein und zwei Gläsern Champagner auf dem Tisch. Ich ahnte immer noch nicht, was er beabsichtigte. Wir standen vor dem Tisch, und ich durfte mich nicht setzen. Er nahm meine Hand und fragte: »Möchtest du meine Verlobte werden?« Ich war so überrascht und erfreut und sagte natürlich: »Ja, sehr gerne.« Es war genau 22.20 Uhr, als er mich fragte. Er zeigte mir die wundervoll ausgesuchten Ringe,

70 Jahre

aber ich sagte: »Nein, wir verloben uns erst offiziell am 19. 11. 2019 auf meinem Geburtstag, damit gleich alle unsere Freunde und Verwandten sich mit uns freuen können. So, jetzt sage und frage ich dich erst mal, du kannst es irgendwie nicht so richtig.« Ich stellte mich nochmal gerade vor ihn und sagte einen langen Vers auf, was ich fühlte und was er mir bedeutet. Auch wenn man sich mal zankt und streitet, dass man sich immer vor dem Zu-Bett-Gehen wieder verträgt. Mein Freund hatte Tränen in den Augen. Ich habe einen wundervollen lieben Mann gefunden, der mir jeden Wunsch von den Lippen abliest und alles für mich tut, bis der Tod uns scheidet. Ich war überglücklich, es war die schönste Überraschung, die er mir machen konnte.

So, jetzt zu meinen Vorbereitungen zu meinem 70. Geburtstag. Wir machten alles zusammen, Getränke einkaufen, er musste sie dann erst mal zu mir nach Hause fahren, 160 km mit seinem Auto. Ich hatte aber das Gefühl, es werde alles nicht reichen, und kaufte bei mir vor Ort noch mal ordentlich ein. Ich bestellte bei meiner wunderbaren Köchin ein Menü für ungefähr 100 Gäste. Die kann kochen, es ist ein Traum. Sie kommt bei mir aus dem Ort und ist in unserer Gegend für ihr gutes Essen bekannt. Zum Anfang gab es eine Hochzeitssuppe, sie erzählte mir später, dass sie 40 Eier für den Eierstich verbraucht hatte, und am Ende waren nicht mal mehr fünf Teller übriggeblieben. Ich hatte zum Nachtisch noch vier Torten bei meiner alten Schulkollegin bestellt!

Ich hatte am Montag bei meinen Schäfchen im Heim gearbeitet, einen Tag vor meinem Geburtstag. Arbeiten darf nie zu kurz kommen. Als ich den Tag nach Hause kam und aus meinem Auto stieg, klingelte mein Handy. Ich nahm ab und meine Schulkollegin weinte bitterlich, dass sie kaum sprechen konnte. Sie sagte: »Rosi, ich kann deine Torten nicht machen, mein Sohn ist tödlich verunglückt, aber die Böden sind schon fertig.« Oh Gott, wie furchtbar dieser Anruf war, am liebsten hätte ich sie einfach stillschweigend in den Arm genommen, um ihr ein bisschen Trost zu spenden, denn es gibt nichts Schlimmeres, als sein eigenes Kind zu verlieren. Ich versuchte, sie ein wenig zu beruhigen, damit sie sich jetzt darüber keine Gedanken machen sollte.

Ich bin ins Haus und erzählte meinem Freund, was passiert war, wir mussten jetzt noch los und irgendwo noch Torten bestellen. Es war mittlerweile 17.15 Uhr und bei uns auf dem Land machen die Konditoren schon um 18.00 Uhr zu. Wir fuhren sofort los, leider bekamen wir bei den ersten zwei Konditoreien eine Absage, das wäre zu kurzfristig für morgen. Wir versuchten es bei der dritten, und da sagte die Angestellte, dass sie es versuchen könne, aber nicht wisse, ob es klappen würde. Sie war sehr nett und zuvorkommend und sagte, sie würde

Porträtfoto vom Geburtstag am 19. 11. 2019

sonst morgen früh um 5 Uhr anrufen und Bescheid geben. Ich sagte nur: »Vielen Dank für die Mühe, ich lasse mein Handy mit am Bett.«

Es klingelte morgens pünktlich. Die Dame am anderen Ende sagte mir nur kurz und bündig, dass es mit den Torten nicht klappt. Ich war sofort hellwach und dachte nur: »So ein Mist.« Am Abend hatte ich noch mit meiner Köchin gesprochen und sie meinte nur, warum ich sie nicht gefragt hätte, das wäre doch gar kein Problem gewesen. Ich dachte nur, sie hätte mit meinem Essen und ihrem Bauernhof genug zu tun, und wollte sie nicht damit noch belasten. Aber sie rief mich gegen 6 Uhr an und fragte, ob es geklappt hätte, sonst würde sie die Torten noch schnell für heute Abend fertig machen. Mir fiel ein Stein vom Herzen, diesmal war sie mein rettender Engel.

Für meine Feier hatte ich mir von unserer Gemeinde ein kleines Haus gemietet. Den Abend vor der Feier sind wir dann dorthin gegangen, um zu dekorieren. Aber wir konnten erst am Abend ab 22.00 Uhr rein, weil dort Montagabend immer der Gesangsverein Probe hatte. Sieben gute Freunde haben mir geholfen, auch noch zu dieser späten Stunde.

Die Bedienung für den morgigen Abend hatte ich vor drei Monaten gefragt, ob sie Zeit hätten. Irgendwie hatte ich ein komisches Gefühl und das Verlangen, sie nochmal anzurufen wegen morgen. Die eine Bedienung sagte zu mir, sie könne nicht, denn sie fährt morgen früh in Urlaub. Ich saß da und war einfach nur sprachlos. »Na ja«, dachte ich mir, »jetzt nur nicht unterkriegen lassen«, und rief die zweite Bedienung an, die ich gefragt hatte, Olli, er sagte nur zu mir, ich solle mir keinen Kopf machen, er würde seine Kollegin fragen, die würde bestimmt spontan aushelfen. Er rief mich kurz darauf zurück und sagte, dass alles geklärt sei. Ich dachte nur: »Oh, Gott sei Dank!« Den Stein konnte bestimmt jeder im Dorf fallen hören.

Wir haben dann schön dekoriert, bis 23.30 Uhr, und ich dachte immer: »Warum gehen wir nicht?«, aber meine Freunde wollten es sich ja nicht nehmen lassen, mir um 24.00 Uhr noch zu meinem Geburtstag zu gratulieren. Durch den ganzen Stress ist mir das total entfallen, es lag nicht am Alter. Sie fragten, wann jetzt offiziell die Verlobung ist, und wir sagten: »Nur, wenn wir gleich nach Hause fahren.«

Als wir nach Hause kamen, hatte meine Tochter alles geschmückt, sie lag leider schon im Bett, weil sie an meinem Geburtstag morgens um 6 Uhr zu einem Lehrgang der Firma musste. Und deswegen konnte sie auch nicht bei meiner Feier dabei sein.

Alles war voller Blumen, Kerzen brannten und Gläser mit Champagner standen da. Ich sagte kurz heraus: »Jetzt kann die offizielle Verlobung stattfinden.« Es war wieder alles sehr emotional, aber wir haben es genossen. Ich hatte die Nacht vielleicht zwei Stunden geschlafen. Um 10.00 Uhr musste ich wieder los, wir trafen die Bedienungen, sie sollten noch Servietten falten und alles für meine Gäste eindecken. Anschließend fuhr ich zum Friseur, ich hätte es ja selber machen können, aber ich wollte mich auch mal bedienen und verwöhnen lassen an meinem großen Tag. Ich hatte für den Tag noch den letzten Termin bekommen. Ich war nicht pünktlich dran, deswegen konnte ich denen bei der Arbeit ein bisschen zugucken. Ich dachte nur: »Du lieber Gott, wie arbeiten die denn hier!«, da kribbelte es mir schon in den Fingern. Die wussten nicht, dass ich vom Fach war.

Auf einmal kam ein junger Türke auf mich zu, er fing an, meine Haare zu waschen, und es war einfach nur unmöglich. Er föhnte sie mir, und ich sagte nur: »Ist gut jetzt und bitte kein Spray, ich mache sie mir gleich zu Hause noch einmal.«

Als ich zu Hause war, machte ich mir erst mal schnell Wickler ins Haar, denn ich hätte mir den Besuch beim Friseur echt sparen können. Als ich fertig war, gefiel ich mir richtig gut, und so sollte es ja sein. Ich sagte zu meinem Verlobten: »Um 14.00 Uhr anziehen und um 15.00 Uhr fertig sein.« Ich verriet ihm nicht, welche Überraschung ich für den heutigen Tag noch vorbereitet hatte. Er wollte sich gerne noch hinlegen und ich sagte: »Ich wecke dich, denn um 15.20 Uhr kommt ein Gast, deswegen müssen wir pünktlich sein.«

»Auf, auf, Herr Stabsfeldwebel A9, aufstehen, es wird Zeit.« Er stand auf, ich war schon fast fertig. Er ging ins Bad und ich wollte seinen Anzug holen, aber was ich mit Bestürzung feststellte, es war kein Anzug da. Ich fand nur ein weißes Hemd, graue Hose und Schlips. Jetzt gab es eine riesige Aufregung, ich war fix und fertig. Ohne Anzug geht es gar nicht. Ich rief schnell meine Nachbarin an, aber ihr Mann hatte keinen Blazer oder Anzug. Meine letzte Chance, mein Schwager, der hat fast die gleiche Statur wie mein Verlobter. Ich rief an und fragte meine Schwester, das könnte hinkommen, also sagte ich nur: »Bring die Bekleidung bitte nachher mit.«

Mein Verlobter wusste ja nichts von der angemieteten rosa Limousine, die gleich kommen sollte. Es wussten nur meine Schwester und mein Schwager. So, mein Gast war eingetroffen, und wir waren dann jetzt fertig zu Hause und mein Verlobter nahm seine Autoschlüssel. Auf einmal sah er nicht richtig, eine große rosa Limousine kam vorgefahren. Der Fahrer rollte den roten Teppich aus, und mein Verlobter war so überwältigt und hatte wieder Tränen in den Augen. Wir schritten dann Hand in Hand über den roten Teppich zur Limousine. Wir haben noch einige Fotos gemacht und stiegen dann ein. Ich hatte sie für eine Stunde

Meine künstlerische Begabung:
Selbst ist die Frau! Unabhängigkeit und Eigenständigkeit
waren und sind mir bis heute wichtig!

gemietet und alles so organisiert, dass wir nach der Fahrt direkt zur Location fuhren und dass meine Freunde und Verwandten alle schon da wären und ein Spalier bilden sollten. Wir fuhren ein wenig herum, dann hielten wir am Hotel an, unser Gast musste noch seinen Schlüssel für die Übernachtung holen.

Meine Schwester und meinen Schwager hatten wir auch dort hinbestellt wegen der Blazer. Sie standen mit fünf Blazern da und warteten. Mein Verlobter musste schnell raus und alle einmal schnell überprobieren. Ich beobachte alles von innen mit dem Fahrer. Laute Musik an, und ich habe gelacht.

Als er wieder hereinkam, sagte ich zu ihm: »Schick siehst du jetzt aus, wollen wir nicht gleich heiraten, es ist nämlich ein Standesamt mit im Haus, wo wir gleich feiern.« Ich habe ihn damit etwas verrückt gemacht. Wir fuhren dann weiter, jetzt wurden erst einmal zwei Flaschen Champagner getrunken, denn die Fahrt war so schön. Als wir nach einer Stunde Fahrt am Zielort ankamen, rollte der Fahrer wieder den roten Teppich aus. Es standen alle Gäste Spalier, und wir stiegen aus. Wir gingen in die Location hinein und wurden mit einem Glas Sekt empfangen. Alle gratulierten mir, und ich wurde mit Blumen und Geschenken überhäuft.

Um 18.00 Uhr sollte die leckere Hochzeitssuppe serviert werden, aber bis alle sich gesetzt hatten, dauerte es ein wenig. Ich wollte natürlich auch noch eine kleine Ansprache halten, bevor es losgehen sollte. Ich kam mit meiner Stimme gar nicht durch, weil alle so viel und laut geschnattert hatten. Dann beschloss ich mal eben, einen lauten Pfiff abzugeben, und siehe da, alles war leise und sehr gespannt, was jetzt kam. Ich hatte mir vorher keine Gedanken gemacht, was ich sagen wollte. Ich fing einfach an zu reden, irgendwas fällt einem ja immer ein. Mir sprudelten die Worte nur so aus dem Mund, und meine Gäste haben geklatscht und viel gelacht. Sie sagten nur: »Improvisieren kann Rosi.« Wir haben dann alle gut gegessen und auch ordentlich getrunken. Jetzt war es Zeit für den Eröffnungstanz, ich mit meinen 12 cm hohen Hackenschuhen in Silber, einem schwarzen Ballonrock und einer Bluse. Ein Gast sagte, er würde nicht eher gehen, bevor er mich auf diesen hohen Schuhen hat tanzen sehen. Die Schuhe waren aus Amerika, die hatte mein Verlobter dort gesehen und mir gleich gekauft.

Die Feier ging bis zum nächsten Morgen um 01.30 Uhr. Es war eine so wundervolle Feier gewesen. Ich habe die folgende Nacht wieder kaum geschlafen. Um 10 Uhr waren wir schon wieder zum Aufräumen verabredet und zum Resteessen. So macht man das bei uns auf dem Lande. Um 14.00 Uhr mussten wir die Schlüssel wieder abgeben, bis dahin sollte alles sauber sein. Meine engsten

Schon als Kind war ich nicht abgeneigt,
mich herauszuputzen und meinen
heißgeliebten Lippenstift zu benutzen.

Freunde waren alle gekommen, um mitzuhelfen, einfach nur großartig, wenn man sich auf seine Freunde verlassen kann.

Auf meinem Handy hatte ich 19 Anrufe und auf meinem privaten Telefon 28 Nachrichten. Ich musste mich dann erst einmal bei allen bedanken. Bis wir dann alles auch wieder zu Hause geregelt hatten, war es schon 20.30 Uhr. Wir sind an dem Abend aber noch in mein zweites Zuhause nach Friedrichsstadt gefahren, das Auto vollbeladen mit Geschenken und Blumen.

Jetzt planten wir erst einmal eine Woche Urlaub, und ich freute mich erst mal auf ein wenig Entspannung. Schlafen, ach ne, schlafen, was soll ich im Bett, es gibt genug Sachen, die man machen kann. Erst mal habe ich alles bei meinem Verlobten umdekoriert bis mitten in die Nacht und mir nebenbei ein Glas Sekt gegönnt. Mein Verlobter war zum Sport gegangen, die alten Knochen müssen in Gang gehalten werden. Man muss für sich was tun und das mache ich auch. Ich laufe jeden Tag 1 oder 1 ½ Stunden. Ich muss immer gut aussehen, sagt mein Verlobter, womit er auch recht hat, man fühlt sich selber auch viel attraktiver in seiner Haut.

Bevor der Geburtstag kam, hatte er in meinen Körper sehr viel Geld investiert, auch was meine Kleidung betrifft. Ich hatte einen ganz tollen Arzt/Chirurgen, wir haben uns viel unterhalten und ich fühlte mich bei ihm gut aufgehoben. Als die OP bevorstand, sagte der Narkosearzt zu mir: »Träumen Sie schön«, ich antwortete nur: »Ja, entweder von Ihnen oder von Dr. Rau, dem berühmten gutaussehenden plastischen Chirurgen aus Hamburg.« Ich freue mich immer, wenn ich ihn sehe.

Vorher hatte ich blonde Haare, aber dies gefiel meinem Verlobten überhaupt nicht, so entschloss ich mich, meine Haare dunkel zu färben. Er war begeistert und fand und findet es toll. Ich habe mich auch schnell daran gewöhnt. Einige meiner Kunden hätten mich fast gar nicht wiedererkannt. Einige meiner Freunde und Bekannten finden es gut, einige nicht so. Aber ich fühle mich wohl in meiner Haut, und das ist das Wichtigste. Was wohl noch so alles auf mich zukommt, eine Rundumerneuerung? Na ja, so was kostet ja auch ein wenig. Mein Verlobter sagt immer, ich soll es ja gut haben und meine Wünsche möchte er mir auch erfüllen. Ich möchte nicht mehr frieren müssen, das war mit das Schlimmste, was ich erlebt habe.

Jetzt bin ich 70 Jahre alt, und Kranksein, das Wort gibt es bei mir nicht. Ich nehme keine Tabletten, o.k., ich bin ehrlich, nur wenn ich mal Kopfschmerzen von zu viel Sekt habe, dann kann es schon mal passieren. Meine Freundin sagt immer: »Immer Selters zu Sekt trinken«, und sie hat Recht. Frische Luft und Sport, das tut auch gut.

Meine Schwägerin sagt auch immer zu mir: »Du wirst immer verrückter, auch mit 70 Jahren.« Ich sage dazu nur: »Ich genieße jetzt mein Leben!«

Als ich mal wieder im Zug saß, habe ich mit Schülern getanzt, die Abschied gefeiert hatten, sie sagten alle nur, so eine coole Mutter möchten sie auch einmal haben, es war richtig lustig, so etwas erlebt man nicht alle Tage.

Als ich mal in Hamburg-Altona auf dem Bahnsteig stand, war alles voller Menschen, alles drängelte sich in den Zug, ich hatte Glück und bekam noch einen Platz. Ich wusste gar nicht, was los war, sonst sind nicht derartige Massen am Bahnhof. Alles junge Leute, die kamen vom HSV-Spiel, leider hatte der HSV verloren, aber sie waren alle trotzdem cool und lustig drauf. Die Musik ordentlich aufgedreht, ich fragte, was sie da zu trinken hätten. Cola-Korn und noch vieles mehr, sie haben mir erst mal was angeboten, und ich habe mitgemacht. Mal ehrlich, was kostet denn die Welt, Spaß soll man in seinem Leben haben. Wir haben getrunken und gesungen zusammen, die Leute fanden mich toll. Dem einen jungen Mann habe ich seinen HSV-Schal abgekauft, erst wollte er nicht, aber mit meinem Charme konnte ich ihn dann doch überzeugen, er war ja für meine Tochter, die seit ihrem 12. Lebensjahr leidenschaftlich Fußball spielt. 30 Euro gab ich ihm dafür, dann haben wir noch ein paar Fotos mit dem Handy geschossen.

Es war sehr laut im Zug, und ein Ehepaar konnte das gar nicht ab, die saßen wie versteinert da. Ich habe alles mitgemacht, und mein Alter von 69 Jahren haben sie mir nicht abgenommen, ich musste erst mal meinen Ausweis vorzeigen, damit sie mir glaubten. Ich nahm noch einen kleinen Schluck und verabschiedete mich, weil ich in Friedrichsstadt aussteigen musste.

Wie immer wurde ich von meinem Verlobten abgeholt, ich sprang leicht angeheitert und freudestrahlend aus dem Zug. Mein Süßer fand mich lustig und freute sich, dass ich wieder da war.

Ich bin ein Mensch, der anderen gerne hilft, ich mag keinen Streit, ich möchte so leben, wie ich leben möchte. Und jetzt habe und darf ich alles. Vor allem brauche ich nicht mehr zu hungern und zu frieren. Ich bin einfach nur glücklich und zufrieden, dafür habe ich schon zu viele Ereignisse in meinem Leben erlebt.

Lieber Gott, ich danke dir, dass du mir meinen Carsti geschickt hast. Ich hoffe, ich habe noch schöne, glückliche und zufriedene Jahre mit meinem Verlobten, bis der Tod uns scheidet.

Eure Rosemarie

Die Leidenschaft fürs Schreiben und Malen
begann schon in meiner Jugend.
Hier bin ich ganz in Gedanken.

Nachwort

Viele Menschen wissen gar nicht, was Liebe bedeutet. Warum schauen manche Menschen immer so böse? Weil sie mit ihrem Leben nicht zufrieden sind. Ich sage immer: Lächeln und nach vorne schauen; wo ich bin, ist vorne!

Wenn man nicht so durch das Leben geht und denkt, wird man krank. Glücklichsein und Lachen sind gesund, aber leider können manche Menschen das gar nicht. Stur und böse, dem anderen nichts Gutes gönnen. Man muss lernen, auch mal zu geben und nicht nur zu nehmen. Das ist meine Devise!

Krank werden, was ist das? Krank sein möchte niemand, also immer lächeln und Freude am Leben haben, so lässt sich vieles viel leichter ertragen und man lebt ohne Sorgen und gesünder.

Der liebe Gott sieht alles und beschützt uns. Man muss nur einmal darüber nachdenken, aber das tun die wenigsten. Der liebe Gott gibt uns Gesundheit, Glück und Zufriedenheit. Gott beschützt uns. Ich habe immer daran geglaubt und praktiziere es weiterhin. So zu denken und zu handeln hat mir im Leben schon immer viel geholfen.

Ich sage es so oft zu Menschen, nicht immer böse sein, lächeln!

Ich frage mich manchmal, was ist ein Mensch? Ein Häufchen Elend auf der Erde oder am Ende nur Asche? Nein, man sollte einmal darüber nachdenken, aber das machen nur wenige Menschen. Gott schenkt, Gott lenkt! Es wird viel zu viel gestritten, um Kleinigkeiten, was für ein Blödsinn. Das Leben kann so schön sein, man muss nur lernen, das Leben positiv zu betrachten. Jeder kann oder ist glücklich, die Gefühle sind in einem, man muss sie nur positiv verstehen und einsetzen.

Meine Gefühle tragen mich. So, wie ich bin, bin ich einfach. Bei mir gibt es immer etwas Neues, und das ist auch gut so! Ich bin eine Kämpfernatur und lasse mich nicht unterkriegen. Ich versuche in allem das Positive zu sehen, schaue immer nach vorne, nie zurück und lache. Ich freue mich immer, wenn ich jemandem etwas Gutes tun kann und sage immer den Spruch: »Nicht schnacken, einfach machen!«

Meine Kunden sagen immer: »Rosi macht das schon.« »Ja, ja«, sage ich dann: »Wer nicht wagt, der nicht gewinnt. Wer mutig ist, der ist auch glücklich.«

Wenn ich meine Schere in der Hand habe, bin ich glücklich. Egal, wer mich wann und wo stört, ich stehe parat.

Ich wurde von meiner Tochter einmal nachts um 01.00 Uhr geweckt. Sie wusste, dass ich noch nicht tief und fest schlafe. Ich fragte sie: »Was ist denn, mein Kind Gottes?« »Mama, kannst du mir noch die Haare schneiden?« »Na klar, für meine Kinder tue ich alles, egal zu welcher Uhrzeit.« Ich sagte den Spruch zu ihr: »Sitzt der Kunde schlecht, ist ihm die Frisur nicht recht.«

Meine weiteren Zukunftspläne? Ein guter Mensch bleiben, hilfsbereit und nicht faul. Immer ein offenes Ohr und Wort für einsame Menschen zu haben und für meine geliebten Töchter und meinen Verlobten da zu sein.

Ich, Rosi, kann nicht schlafen, sie denkt und Gott lenkt. Das Leben kann so schön sein, es gibt Höhen und Tiefen, aber man muss darüber nachdenken und es positiv sehen.

Ich kämpfe und gebe niemals auf, das habe ich gelernt, als ich erwachsen geworden bin. Liebe ist ein mächtiges Gefühl, ich bin gerne ein guter Mensch, auch wenn es bei mir nicht immer auf Anhieb klappt.

Wenn ich Angst habe, bete ich oder gehe lächelnd durch die Fußgängerzone. Dann lächeln die Menschen zurück und schon verfliegt die Angst und es überwiegt die Freude.

Hass aufkommen zu lassen, ist keine Lösung, man muss miteinander reden. Gott hat uns Liebe gegeben, und wir sollten sie einsetzen. Seid geduldig miteinander und blast kein Trübsal. Es ist schon ein befreiendes Gefühl, Frieden mit sich selber und seinen Mitmenschen geschlossen zu haben. Wut und Zorn gibt es bei mir nicht, Gott macht mein Herz frei, weil ich daran glaube. Meine Liebe zu Gott ist groß, Gottes Liebe macht mich stark, wenn man sich schwach fühlt.

Glaube an Gott und beschütze alle Menschen, die Einsamen, Verlorenen, Kranken und Alten. Ich arbeite im Altersheim und sehe vieles, lasst uns einfach allen nahe sein.

Wer nicht jeden Tag etwas für seine Gesundheit tut, der muss sich eines Tages Zeit für seine Krankheit nehmen.